グレート シャーマン

Great Shaman

アマゾンからの祈り

吉野 安基良
Yoshino Akira

たま出版

（一）

リオデジャネイロに吹く風が私に幸運を運んできた。

「コングラッチレーション　スワミ」と後方からの風に乗って幸せの響きが吹き抜けた。振り向くと、声を発したのは小柄で禿げ頭のナレーシだ。彼はブラジル人には珍しく、白い肌のインディオだった。

スワミとは陀仏に帰依した者の意味。彼との出会いは、インドのアシュラムから始まっていた。十年程前のことだが、私がデカン高原の山頂近くの湖に浮かぶ丸太の上で、座禅を組んで修行していた時のことだった。毎朝、私をまねてこの修行に挑戦する者がいたが、それがナレーシだった。彼は何度も転んで湖に落下していたが、やがて、ひと月もしないうちにこの瞑想法を習得して丸太に座っていた。

ナレーシという名前はヒンディー語で僧侶を意味する言葉だと、後で彼から聞いたが、私の場合は僧侶になろうとしてインドに行ったのではなかった。意に反して旅先での偶然の列車事故でアシュラムに身を寄せたことがきっかけで、修身の世界に足を踏み入れることになってしまった。不思議な縁に導かれたともいえるのだが、結果として尊敬できる師に出会って僧院に身を置き、世俗に煩わされず、生涯を静かに暮らす幸せに出合えたのだが、それも長くは続かなかった。

師と仰いだ導師が、僧院を閉鎖してヒマラヤに移住して生まれ変わる仕度を秘かに始めるというのだ。そこで再び世俗で生きることを覚悟させられた。これを機に、世界中からこの場所に修行僧が集まっていたので、この縁をいかして世界の場末に実践の場を求め、自分を試してみる機会だと思った。その後の私は世界を転々として、人々の求めに応じて微力ながら今日まで働いてきた。

ナレーシとは、この時以来の仏法の絆で結ばれていた友であった。

予期せぬ彼との再会が懐かしく、フラメンゴ公園から宿舎のあるイパネマ海岸まで遠い道のりだったが、その日は二人並んで笑顔で歩き、初対面から今日までの尽きぬ出来事のよもやま話に花を咲かせて歩いた。

ナレーシと知り合った頃の私は、ヨーロッパに招かれて東洋の瞑想と西洋のセラピーを合体させたワークショップを二年ほど伝導して回り、その後ブラジルを訪れたのだが、「東洋のメソッド」と名づけたワークショップは、ブラジルで好評だった。なぜかというと、その秘書役を買って出てくれたのが、帰国していたナレーシだったからである。

その頃の想い出深い話なのだが、早朝のイパネマ海岸をナレーシと散歩していて急に足元の砂が崩れ始めたことがあった。早朝の浜辺で波打ち際に打ち上げられた小魚を拾い上げて海に返して遊んでいたのだが、瞬間、私の足元の砂が消えていくのだ。大西洋の引き潮はすごいものだなぁと感心しているうちに、ふくらはぎまで砂に埋もれた。これは急いで反転しないと大変な事態になりかねないと直感する間に膝頭まで砂に吸い込まれ、今こそ水際の向こうの砂浜にいるナレーシに向かってジャンプしないと海に連れ去られると思うが早いか、腰まで海に浸かってしまい、身動きが取れなくなった。すると、私に大波がやってきて、頭から私を飲み込んだ。ぐるぐる目が回り、浮かんでみると、海岸線から二、三百メートルはすでに離れて、ゲホゲホせき込んで浮き沈みする私だった。

突然の出来事に固まるナレーシの泣き叫ぶ声が聞こえてきた。その日の潮の勢いはすごいもので、さらに私を遠くに連れていくと、ナレーシのいた岸辺の人影もまたたく間に飛沫《しぶき》にけむって、何も見えなくしてしまった。これでナレーシとも今世の別れかと思った。私は海に溺れてしまったのだ。ナレーシもこれが最後と必死に手を振って別れを惜しんでいた。

こんな理不尽な突然の出来事で私が命を落とすなど、あってはならぬことと思ったが、もはや、躰《からだ》も硬直して思うように動かなくなった。私は力尽きて、沈む間際になって父母の顔を思い浮かべ、手を合わせた。

両親に別れの挨拶《あいさつ》を済ませると、なんだか心に区切りがついて、不承不承ながら、人生とは突然に幕が下りてもしかたがない、無常なものだと死を受け入れる覚悟が生まれた。

そこで、尊敬するインドの導師にも手を合わせて、お別れの合掌を試みたが、突然ギョロ目をむいた坊主頭の師の異形の顔が海原に現れて、私を見て説教を始めたのだ。

「死を恐れるな。死ぬときは、死を受け入れよ。踊って天国の階段を昇れ！」

胸に響く甲高い声だった。彼はほほ笑みを投げかけ、私をして、すぐさま行動に駆り立てた。

「喜んで死ね。無心になって踊れ。夢中になって天国の門に入れ」と言うので、私はわれを忘れて必死に両手と両足をバタつかせ、喜んで踊りながら天国の門に向かった。私が踊ると躰が浮上した。急に、物事は上も下もない、人間が勝手に決めたのだと、訳が分かったようなことを頭に思いながら、浮き沈みを繰り返して必死に踊って、天国への階段を昇っていった。

それが良かったのだろうか、しばらくして再び命を与えられることになった。どれくらいの時間、海原で熱心に踊っていたのか判らぬが、突然、頭に鋭い痛みを感じて、手を伸ばした。すると、私の手が何か生暖かくゴワゴワする木片のようなものをつかんでいた。手を伸ばしたその手をさらに引き寄せると、何かが額に当たった。握りしめていたのはカヌーの艪《ろ》だった。危機一髪のところであったが、天の糸に助けられたような思いであった。漁を始める前の地元の漁師たちが、海原で踊るアザラシのような得体《えたい》の知れない黒い大きな浮遊物を朝もやに発見して、艪で叩いて引き寄せたと、後で私に教えてくれた。

未知の黒人青年の手漕ぎカヌーの艪を握りしめて助けられたのだ。命拾いした私は、まず、生きて働いて成し遂げる仕事が自分にはまだ残されていたことを知らされた。神か仏は私に宿題を与え、それをやはり一途に続けることを望んでおられるのだろう。

〈私の人生は、その天命を果たす日まで生き続ける宿命を背負っているのだ！〉と自覚させられた。今、改めて、新しい生命を得た思いがした。

あの時の黒人の若い漁師たちは、今もこのイパネマ海岸のどこかで、私のことを語り草にして、酒など飲んでいるだろうか。私は立ち止まって、彼らを思い出し、いつか再会を果たした時には、助けられた命で何をしてきたかを伝え、感謝を捧げられるようになりたいと思った。そんな気持ちで再び得た新しい命に磨きをかけて生きようと思う決意をイパネマの風に馳せて、彼らの胸に届け！　と祈る私だった。

今回、環境会議の終了後に帰国せずにリオデジャネイロに残って条約署名を果たせたのも、彼らのおかげでもあるといえる。環境会議が終了した後も、この街を去り難く、会議の閉幕後は、私を助けてくれた黒人の若者たちへの恩返しも兼ねる思いで、アマゾンの環境調査に参加を希望した。もちろん、その理由だけではなかったが、一九九二年のリオでの世界会議は百花繚乱の意見をまとめきれず、行動を伴う議定書を作成できなかったことが心残りで、何ら緊急の課題に対応できぬまま、閉会となってしまったから、その気持ちをアマゾンに貢献することで役に立てるなら本望だと思っての参加だった。

だが、こうして、偶然の縁によってナレーシと再会できたことも、やはり私がアマゾンに行って〈これまで仕残した仕事の最終章を成し遂げよ〉との天命を受け取ったのだと思えた。

そこで、私が気恥ずかしそうに、胸の思いをナレーシに伝えると、「自分もアマゾンの調査に一緒に参加して、ＡＫＩＲＡの仕事に役立ち、地球のために働けたら、どんなに幸せだろう！」とナレーシも言うのだった。

「昔、ＡＫＩＲＡが教えてくれた日本人は、真心をもって生きることを人生の美徳と考え、それを大和魂と呼んで損得を離れた人生を送っていた。そんな日本人の心に咲いた仏教精神を学び、ＡＫＩＲＡの教えに従い、私も日本人のように生きたい」と話すのであった。

「アマゾンの森林破壊は人間も含めた生命の破壊です。人間が目覚めるより方法がない、これしか方法がないのです。破壊を食い止める、人類に新たな希望をつくる仕事ができるなら生涯を費やしても悔いはありません」とナレーシは熱く語り、アマゾンに同行することを強く私に求めた。

私は、彼の純粋な魂に触れて、その変わらぬ優しさと友情に胸を熱せられる思いがした。そこで、イパネマの兄弟岩の手前でシャツを脱ぎ、彼と共に歓喜の声を上げて荒波の海に飛び込もうと思った。海は荒波だったが、潮の引く力は、あの日の朝の海のように激しく強い引き潮ではなかったので、安堵《あんど》していた。躰は考えるより先に海に飛び込んで高波にもまれていた。

ナレーシも、やはり今回は後に続いて飛び込んできたのだが、その彼の泳ぎにまなざしを向けると、彼の泳ぎ方は私より数段上級者の泳ぎ方だった。私は誰にも特別な泳ぎ方を教わらなかったが、溺れた日以来、海とたわむれるように浮き沈みして泳ぐあの力の抜けた泳ぎ方がとても上手になったように感じていた。荒波の海のいぶきでしばらく心をクールダウンされてから、無事に私たちが海から上がると、二人の人影が砂浜に重なって映し出されていたのを見て、私たちの友情に天が祝福をくれた思いを感じた。

ここリオデジャネイロのお洒落《しゃれ》な街の海岸沿いは、朝陽も夕陽も格別に美しい風景の見られる場所だった。その街並みは汚らしく見える時もあるのだが、インターナショナルな移民の街は、世界各地の多彩なセンスが混在していて、熱い文化が絶えず情熱的に交ざり合う活気に満ちた聖地だとも思えた。

貧乏人も金持ちも、冷たい心も温かい心も、思いどおりに生きることを神の名によって許されている証しとして、丘のうえにはキリスト像が建立されて、この街のすべてを見守っている。それが、苦難にある人々を絶えず励まし、人々が思いどおりに生きることを助けている神の存在の証しだとナレーシから聞かされた私だった。今、このイパネマの海岸に立ち、潮風に吹かれていると、波飛沫と共に希望を運ぶ風がやって来て、それが私たちの未来を励まし、助け合える幸せを運んできたと感じられた。

〔二〕

今夜は、一緒に仕事をしている友人のフェルナンドやチコとのアマゾン行きの打ち合わせをイパネマ海岸で予定していたので、そこにナレーシも連れていくことにした。夕焼けの空を背に受けて、私たちはレストラン「イエマンジャ」の扉を開いた。ここで好物のココナッツの粉で焼いたクレープや、魚と野菜を香辛料で煮込んだタカカ、それにタロイモと鶏をトマトで味付けしたカンジャスープなどを注文した。このレストランでは、アフリカから来たウンバンダという密教の占い師たちによる珍しい料理が毎夜テーブルを賑わせていた。

今夜は私好みの料理を食事の前に頼んでおいたから、私たちが着席すると占い師のギャルソンが料理をすぐに取り分けてくれた。食事をしながら、ナレーシを、彼らに、森を守る仕事の同志として紹介ができた。

「フェルナンドには社会貢献が目的のグループで、森を守る学校教育プログラムの普及を担当してもらっている。チコは世界に向け、フェアトレードと呼ぶ、森に住む人々の生活支援を呼びかける実践家だ」と、私は彼らをこのように手短に、ナレーシに紹介した。そして、「今回の環境会議の代表チームのメンバーたちだ」と付け加えた。

「リオデジャネイロから十時間程、飛行機でリオ・ブランコというアマゾン最西端の空港に行く。さらにバスに六時間乗るとボッカ・ド・アクレという小さな港町に行くことができる。ここは、古いインカ王道の出発点であり、ボリビアやペルーからアマゾンに向かう陸路と水路の分岐点でもあり、アマゾン源流に向かう人たちはここからカヌーで漕ぎ出す場所だ。『アクレのくちばし』という名のその町は、人口三百人ほどの古い港町で、われわれのアマゾン・プロジェクトの連絡船が行きかう場所でもある」

仏頂面のフェルナンドがそう説明すると、小肥りのチコがもぐもぐと入れ歯を動かし地図を広げて説明を補足した。

「AKIRAとナレーシはアクレのくちばしからカヌーで密林を抜け、セバスチャン農場に行くのがよい。そこでNGOの調査船に乗り換え、源流南西部のアマゾンを巡回する手配を今夜にも整えよう！」

「今回のアマゾン行の目的は、NGO条約具体化のための支援活動を、どの分野の仕事から始めるべきかのプログラムを作成するためだが、この地域の治安には問題があり、今回のサミット実現に奔走した地元の英雄たちも何人も暗殺された危険な場所なのだが……」と、天然ゴム組合の幹部でもあるチコが、自分の所属するゴム組合の上司が殺された話などをして、「アマゾンは、森の資源の利権をめぐって、マフィアが支配する地域になりつつあり、ここを民主主義が通用しない別世界にしてはならない思いだ。君たちには、できるだけありのままのアマゾン南西部を見てほしいのだ」とその心情を語った。

「ここは、歴史的にもゴムの利権をめぐり、インディオの虐殺が繰り返されてきた悪名高い地域で、はしかにかかった病人の衣服をインディオに与えて全滅させるなどした所だ。それで、先住民と武力衝突になった例など、過去に数多い伝説のある場所だ」とチコが対象地域の話を聞かせてくれた。

昨夜、調査船の船長から「ＡＫＩＲＡは本当にここに来るのか？　来て何ができる人間か」とチコに連絡があったそうだ。

「ＡＫＩＲＡはそのバイタリティーが世界に通用する人物だとわれわれが判断した人

間だ。彼はアマゾンの森の大切なパートナーだ」とチコが伝えたという。

「AKIRAは会議の条約文章が遅れた都合で、予定より四、五日遅れるが必ずアマゾンに行き、心のこもった仕事をするだろう！」と伝えたという。

そう伝えてくれたことには、責任感も生まれてうれしくもあるが、恐ろしくもある気持ちがしたのも本音のところだ。そこで、

「アマゾンのマフィアに対抗してわれわれを守れる人物が誰かいるのかい？」と私が不安げに尋ねると、

「今、全力を注いで宗教指導者たちがシャーマンラインと呼ぶ、スピリチャル網をつくっているのだが、自分たちも、そのラインにかかわっている人間で、フェルナンドの場合は彼の女房が、実はセリンゲール千百万人のゴム組合の指導者で暗殺されたチコ・メンデスその人の姪、私はその伯父だ」と真相が伝えられた。

「アマゾンでのフェアトレードによって、森の住民たちが森を離れずに生活できる仕組みをつくり、森が守られていくように彼の意志を継いだ仕事で世界をつなぐのが私の仕事。日本のAKIRAにもそこに加わってもらい、アマゾンに貢献してもらいたい」と真顔でチコが訴えるので、何かその真剣さが伝わってきて、恐怖心よりもむし

ろ、晴れ晴れと挑戦できる真実の友情が芽生えたことがうれしく思えた。

さらに、「アマゾン河では、六月が終わると水量が減り、あちらこちらが陸の孤島になってしまって往来ができなくなるので、視察はあと二週間のうちに終えないと、今年最後のチャンスを失うから俺たちに思案する猶予はない」と決断を促すフェルナンドに、日頃は目立たない彼の心の奥にある〈自分も先輩の意志を継いで森を守る使命に生きたい〉と願う彼の強い意志が読み取れた。私も身の引き締まる思いがして、これこそ男の仕事だ！　不安はあるが、誠実な心の持ち主である彼らと行動を共にするならアマゾンに行ってもよいと判断できた。

私にとって残された今後の人生の時間をどう生きるか、それを真剣に考える時が来たのだ。このまま、会議の終了後に日本に帰っても、体験した感動の記憶は旧態の日常の中で色を失うだけだろう。せっかくサミットでの高揚した使命感も具像化できず、その使命を果たさないなら、生きるに値しない人生の苦痛を背負うだろう。それよりは今、アマゾンに向かい、誰かが果たさなくてはならぬ役割を担い、私の人生の次頁をつくっていくことこそ、私らしい生き甲斐のある人生で、これからの私の人生の挑戦を喜ぶべきだと考えて納得したのだった。今こそ、未知の分野に分け入って挑戦してみようと、決心できたのだ。

私は恐れることより勇気を持って行動できるタイプの人間だ。それに、好奇心も人一倍強いものだから、後には引けぬ。今回のアマゾン行きも地球に感謝して、森と共に生きた人間の幸福に触れてみたいと思ったのだ。そして、失われた人類の英知を取り戻す機会にしてみたいと考えることができた。

さらに、地球の果てにある森の大自然に住む動物や植物との出合いも魅力的だと思えた。さらに、田舎の山間部に生まれ育った私が、峠のお堂にお参りするように、ジャングルの奥地に存在するシャーマニズムとの邂逅《かいこう》も神秘的な響きをもって、私の興味ともなっていた。

こうして、翌日のアマゾン行きは決行される運びとなったが、ほかにもっと知っておくべきこともあればと思い、食事のあとのマンゴジュースを注文してから、さらに彼らに尋ねてみた。

「アマゾンの森とは、いったいどんなところなのか、君たちの素直なイメージを聞かせてください」と私が尋ねると、イガラッペ川岸組合長でもあるチコが、フェルナンドと顔を見合わせて、ニッコリ笑って告げた。「天国。そこは天国だよ、本当のね。

虫付き天国だがね。人間が生まれて、とこしえの安らぎを見つけ出す場所なんだ」と心酔したようなまなざしになって返答するのだった。

何か意味深い答えが待っているところだと直感されたが、「それじゃ、森の女神と出会って天国を実体験できるように祈ります」と心につぶやいて明日の出発を了承して彼らに私の合意を伝えた。

人間にとって永遠の安らぎのある所とはどんな所なのかと、実際、好奇心が湧いてきて、そこで、明日からの準備をナレーシに頼んで、いよいよアマゾンへの行程の第一歩を踏み出すことになった。すでに準備は整っているとのことだった。

「飛行機は週二便しか飛ばないのだから、明日の午後の出発が最善だ」とフェルナンドが念を押した。

「AKIRAが行けば、現地でさまざまな人が合流してきて、森を守るプロジェクトの現実感が増すのは確実だ」とチコの喜ぶ声が響いた。

「地球の裏と表が手を結び、地軸を回転させようぜ。そしたら古い世界の価値観が壊れて新しい世界が生まれる。これが人類が森に帰る合図となる。絶対だよ」

と、間の抜けた表情を見せて喜び笑うナレーシの顔を私は見た。彼は常に情に厚いだけに、素直なのか、時には間の抜けた感情表現になる時がある。だが、私にとって大切なかけがえのない友なのだから、間抜け顔にもそれなりの味があるだろうと思い直して、彼の目を再び見つめる私に、

「まず、ＡＫＩＲＡと俺たちが一緒にアマゾンの人たちの前に出て、顔を見せ合うことで、地球の裏と表がつながった事実を知らせる時が来たんだ」と言って笑った。

その笑顔は見ようによってはたくましくもあった。その後、ナレーシの提案で四人は肩を組んでわれわれのアマゾン・プロジェクトの行動開始を宣言し、今後の団結を誓い合って、その夜は別れた。


翌朝、ベッドでまどろんでいると、朝の太陽が雲間から照りつけた。ポカポカ陽気のぬくもりが躰中に広がり、私の心を温かく心地よく目覚めさせた。

「よし、アマゾンに行って、地球を丸ごと元気にするぞ?」とベッドから起き上がった私は、太陽を拝み、「私の行く先々を照らしてください。私がアマゾンで少しは役立つ仕事ができるように導いてください。希望の光で私を満たしてください」と、深呼吸を一つして手を合わせ祈った。

その日の午後には、荷物をまとめたスーツケースを一つ持って、私は飛行場に向かった。そこでナレーシと落ち合い、チケットを彼から受け取り、間もなく大型ジェットに搭乗してアマゾンに向け出発できた。

やがて、高度を上昇させたジェット機は雲海の彫像に見える雲間を幾つも抜けてから安定飛行に入り、密林の緑の絨毯《じゅうたん》を幾色も飛び越えて約十時間の空の旅の果てに、アマゾン最西端の飛行場に到着した。すでに深夜に達する時刻であった。

サーチライトに照らされた飛行場は草野球のグラウンドのようで、観客席の代わりに木造の厩舎のような建物がたくさん並んでいた。駐機場へ誘導される飛行機の窓から見える月明かりに照らされた景色にはでこぼこがあり、滑走路の周りには奇妙な池や大きな起伏が数多くあった。

「何だ、あれは!」と、私が機内から窓の外を指さすと、ナレーシが「爆弾の落下した穴とそれを埋めた跡なのだろう」と事もなげに言う。

「なぜ、飛行場に爆弾?」

「最近まで、この飛行場は閉鎖されていたらしい。なぜって、ここでは軍とマフィアの銃撃戦が幾度もあって、軍が爆弾を落として飛行機が飛び立てなくしていたんだ」

「軍が飛行場を壊してどうするんだい？」

「ここの飛行場はアマゾンの資源を世界に運び出す飛行場なんだが、資源の中には金塊や麻薬も含まれていて、幾度となく軍隊と衝突になる有名な飛行場だとスチュワーデスが言っている。飛行場が再開されて、まだひと月程度だから、傷跡が残っているんだろう」とナレーシが歯の抜けた口からツバを飛ばしながら説明してくれた。

やはりアマゾンは、都会人には判断不能な土地なのだ。アナコンダも毒ヘビもサソリも毒グモも電気ウナギも、危険だと思えば生きていけない野生の土地だから、少々のことはこちらが見方を変えないといけないと自分に言い聞かせて、開いたドアからタラップに立った。

初めての印象は、〝暑い〟だ。思い切り、暑い。夜だというのに、焼けるように蒸し暑い灼熱の風が、全身にまとわりついて額に汗が流れた。タラップを降り、出迎えてくれた数人の労働者風の仲間に迎えられ、荷物検査もなく、作業服を着た空港職員らしい男から投げ渡されたスーツケースを受け取った。それを駐機場に乗りつけてきた、赤さびた車の荷台に積み込んだ後、私とナレーシが乗り込んだ。見知らぬ五、六人の同乗者と挨拶を交わして、混乱もなく、夜の眠りについている静かな街を走り抜け、今夜の宿舎らしい、さびついて金属のきしみ合う、古めかしい鉄の門をくぐった。搭乗してきた飛行機の飛び立つ爆音が、夜空にいつまでも響く余韻を送ってよこし、私を励ます力強い別れの挨拶を送っているようだった。

次の日の朝は、耳元で始まった蚊の洗礼で起こされた。昨夜、眠りについてから明け方まで、蚊の襲来は続いていたのだが、蚊なんかに負けるものかと自分に言い聞かせ、疲れて眠った日の朝だった。

眠気まなこで朝起きて、再び耳元をかすめ飛ぶ蚊を払いのけて、洗面所で泥臭いにおいのする河の水のシャワーで体を洗った。汚れた鏡で顔をみると、赤く腫れ上がっていたのを、ナレーシからもらったクリームを塗って、そのまま買い物に出かけることにした。

街はレンガ色の道が続き、歩くと足がぬかるんだ。道端にはゴミが散乱していて往来する人たちはそれを踏みつけて足早に行き交っていた。街の人々の足元を見ると、素足にゴム草履で、男も女も半パン姿だった。どこか不釣り合いで、着飾る人のいない異国の風景に戸惑うアマゾン行の初日だった。人混みを抜けて、足場の悪い道と並行して流れる河の水も泥色で、美しくは思えぬ川の流れがどこまでも続いていた。

この川の流れも、もともとはジャングルの大自然から湧き出てきた清流なのだろうが、人間の文明によって洗剤の泡やプラスチック・ゴミの浮く川となり、人と経済の狂乱を映している河だと思うと、少しばかり悲しい思いが胸に広がった。

しかし、そこに生きる人々の日常は活気ある人生を送っている姿を映していた。今まで森で暮らしていた人々の心に金銭の文化が広まり、競争原理に巻き込まれても、それに負けず、貧しくとも家族の絆で力を合わせて生きている人々の大切な心を彼らの瞳に感じて、豊かさを追い求める私たち日本人がそれを見失ってしまったままであることに、私はその時、気づいた。

信頼や愛の絆を頼りに生きる人間の美しい真剣さを、われわれはいつかまた取り戻せるのだろうか。それともこれは、時代遅れの価値をなくした夢物語となってしまった遺物なのか。いずれは、人間以外の生物から守られて存在する人間の智慧に目覚め、森の命の大切さを自分のことのように慈《いつく》しむ人類が、この地球で暮らすことになるだろう。そこでは、今までのライフスタイルの転換が不可避だと誰もが気づくに違いない。

そのような、人間が真心で助け合って生きられる社会が実現するのはいつなのか、さらなる貧困によるのか、環境破壊によってか、それとも惑星の衝突などの未知なる要因で人類が滅亡したあとの再誕生によって起こるものなのか。現時点では判らぬからこそ、破局の前に判る範囲の努力を積み重ね、意欲を持って良心に基づく行動を起こしていく人たちが現れることが必要だと思う。この私がアマゾンにまで来ることができたように、多くの人が変革の一歩を大いなる喜びと感謝の心で踏み出す時が今、眼前に来ている。

（三）

リオ・ブランコの町で、寝袋やハンモックや蚊帳など、森に入るための必需品を買いそろえたその日の午後、宿舎に隣接する教会に、私とナレーシは旅の安全祈願に行く機会を得た。木造校舎のような素朴な造りの教会の中央には星形のテーブルがあり、ダブルクルスの十字架が置かれていた。どちらも森の木をくり抜いて、時間をかけて造作された年代物の鈍い光が漂っていた。それを見て、〈ここには、神がいる〉と直感した。

その昔、スペイン人がやって来てキリスト教を布教したとき、現地の人々はそれを受け入れながらも、自分の十字架をそこに重ねて復活するキリストに再興の願いを託した。これが横二本縦一本というダブルクルスの由来のようだ。この町の観光案内書によると、私たちの訪れた教会は、今は亡き黒人の宣教師を祭る黒い聖者の教会だと書かれていた。そこでは、祈りの前には植物樹液の聖餐《せいさん》を飲んでお祈りすることが伝来の習わしとなっている、と記されてあった。

私とナレーシが正面に用意された不ぞろいな椅子に腰を落とすと、やがて大きな星形のテーブルには、白装束の男女が座り、その周りを楽器を手にした一団が現れて着席した。女性は水晶の輝く小さな王冠を被り、白いブラウスに緑の襟飾りをつけていた。そして、女性の多くが細かなヒダのある白く長いスカートを履いていた。男たちは皆、白色のスーツに紺のネクタイを締めて胸に銀色に光る星のバッジをつけていた。中央に座っていた、わし鼻の大男が前に進み出て、何か教文のようなものを唱えると、居合わせた全員が起立して唱和が始まった。お祈りを唱え終えた者たちは、眼孔の深く刻まれた大男を起点に、男女に分かれて列をなして準備を整えたようだった。その大男はゆっくりとグラスを光にかざして、手垢に汚されていないことを確かめてから、天井の高いうす暗い部屋のテーブルの上に置かれた白い陶器の水差しから褐色の飲み物をグラスに注ぎ始めた。

各人の祈りを助ける祝福として与えられる聖餐《せいさん》は、アマゾンの古い伝統文化だった。それは、インカ以前から続く作法で、森の女神の魂を分け合い、女神の神通力を得る作法だ。森の神の分け御霊《みたま》となって願いが叶えられるという原始宗教の名残を伝える儀式だと、町の観光案内書には記されてあった。

列の後方に並んでいた私にやがて順番が巡ってきた。

グラスになみなみと注がれた茶褐色の「神様のお茶」と呼ばれている聖餐《せいさん》を受け取り、私はうやうやしく、「女神の命」を飲み干したのだ。わし鼻の大男にグラスを戻す時に、彼の表情を近くで見ると、私を受け入れることができて満足している意味合いを持つのだろうか、何か温かい視線が送られてきたのを感じて心が落ち着いた。

それは、ほのかに甘い思い出のある味――芋蔓《いもづる》の湯がき汁のような、私には母の味と臭いのする「神様のお茶」だった。私はそれを飲むときに「森の女神よ！　もうこれ以上、アマゾンの森が破壊されずに済む本当の智慧を私に授けてください」と心に祈った。

そうして自分が座っていた席に戻り、静かに深呼吸を一つして、ゆっくり目を閉じ、女神からの働きかけを待つのだった。やがて心地よい音楽の調べに躰が聴き入るように反応して、今まで体験したことのない、密林で瞑想しているような、魂の安らぎが心にしみて私を満足させた。

しかし、しばらくすると、躰が硬直してきて、固まったように動けなくなった。やがて胸の内側で鼓動が高鳴り、女神が働き始めたのか、神経回路から電気を起こすようなうなり声を発した。と、次の瞬間、躰の中の意識ラインに色とりどりのネオンが順番に灯って、その光が躰中を震わせた。発光体のボタンが埋め込まれていくように震撼《しんかん》するネオンが神経をうならせて、私を慌てさせるのだった。

「身体の大掃除だからリラックスしろよ」

隣でナレーシのささやく声が聞こえた。

「あ、そうか」

と合点がいき、安堵すると、光のネオン管は消滅し、今度は金色の光の細かい粒子に被われたスクリーンが天から降りてきて、そこに私がこの世に生まれ出た時の光景が映し出されてきた。

「この子はきっと、幸せをもたらしてくれる子になるわ」

「とっても難産だったけど、突っ張って動く度に光を放って眩しい感動を与えてくれた。あなたはきっと、世界を希望で満たすのね」

母が赤子の私を胸に抱いて、私の頬を指で押してつぶやいている光景が見えた。

「苦しいことがあっても決して諦めないで、あなたをちゃんと生きてね。お父さんもお母さんも、ずっとあなたを見守り続けますから、決してくじけないでね」と、私を諭している光景だった。

「マイズ　べべ　ＡＫＩＲＡ」

もっと「聖餐《せいさん》」を飲め、アキラ。もっと飲んで身を深く清め、森の神を宿せ、と私を促すナレーシの声が聞こえて、われに返った私だった。

私は満身に気合いをこめて立ち上がる。そして再び、あのわし鼻の大男の前に進み出て、顔の正面に一本の指を立て、「聖なるお茶をもう一杯」と催促した。楽団の中央で心地よいギターを弾いてくれていた例の大男が私に近づいてくると、やがて水差しとコップが置かれたテーブルの前で静かなまなざしを向けてほほ笑んだ。

「もう一杯の神のお茶を飲んでアマゾンの森のメッセージを受け取りたい」と、片言のポルトガル語で私は彼に伝えた、

「ポルケ（どうしてだ？）」と、彼のそっけない返事。

私は一瞬、返答に窮して、心の内で言葉を探した。

「仲間といっしょに地球の新しい文明をつくりたい。森の女神と一つになって、それを実現したい」

言葉がひとりでに私の口から飛び出した。〈皆と一つになって森を守る仕事がしたい〉そう心の内で私がつぶやいた。

するると、彼が背筋を伸ばして、ゆっくりと水差しからコップに「聖餐《せいさん》」を注いで渡してくれた。ガラスコップの中に注がれて渦を巻く飲み物が鎮まるのを待ってからそれを胃に流し込むように一気に飲むと、今度はその場に気を失って倒れた。

目を開くと、テーブルの下にローソクの明かりが灯っていた。気がつくと、テーブルの足には彫り込まれたくぼ地があり、そこに黒人の男女の小さな土人形が置かれていて、ローソクは人形の前に置かれた皿の上で灯っていた。炎が揺れて、時間も空間も意識の及ばぬ異次元でゆらめいているようだった。私は揺れる炎のなかで、ただまどろんでいた。

白いスーツ姿に黒い靴で紺色のネクタイを締めた土人形が私に真剣なまなざしを向けて話しかけてきた。その話す人形の顔は真っ黒で、目は白く光り、唇は赤く朱色の紅で色どられていた。

「おまえは持っているのかい？　不死を生きる情熱を！」

そして、この人形の隣に置かれた小肥りな黒人女性で、蔓《つる》で編んだザル籠をわきに抱えた白いサマードレスを着た農家の女性のような人形もしゃべったのだ。

「あんた、人を愛せないと地球は守れないのよ」と言って私をにらむ。この人形の女性が、黒い聖人の女房なのだろうか、彼女は何者かと思っていると、紺色のネクタイ姿の黒い人形が、再び私に語りかけた。

「君の心の中を見るんだよ。そこに真実があるのだから、君の心の真実をエネルギーにして生きろよ。男は勇気が大切なんだぞ、思ったことは実行して成就するんだ」

そのように私に語って聞かせた。

「ただ理解すればいいんだ、いつでも君の愛と一緒にある人類愛のことを」

私の意識が次第にしっかりしてきたのか、それとも浄化によってか、何度か身動きができずに寝そべっている口からよだれが流れて気持ちが良くなった。歓喜のよだれなのか、日常と異なる次元から不思議な霊力を授けられて、新しい次元に転生するための智慧で物事を見抜く神通力を授かっているのだと思った。そこで、今の自分に起こっていることを注意深く見届けようと心が働き、ほかのことにはおかまいなしに素直に自分の心に意識の注意を向け続けた。

私がなぜ、今、ここにいるのだろうか、私の仕事は何なのかと自問が起こり、やがて環境サミットでの出来事が思い出された。大西洋の波の音が聞こえてきた。海岸沿いのホテルの講堂で私がスピーチしていたことのようだった。

誰もが知っている、あのチベットから亡命して来た高僧が私に言った言葉だ。

「ジャポネ　オンリ　ユー　メイク　ザ　ワールド　ビーサイレント」と講堂に響きわたっていた言葉。あの時の、あのバイブレーションが私の耳の奥底からよみがえってきて、今回のアマゾン行きの本当のエネルギーとなった。そして、私をここに導いてきた記憶が意識の窓に映ってきた。あの感動の一瞬がなかったら、予定を変更してまでアマゾンに来ることはなかったかもしれない。あの時の高揚感のままに生き続けたいと願った私の心の奥の願いが原動力となって、私をここに導いたのは確かなことのようだった。そうだと気づきながら、よだれを流したままで両方の手のひらをこすり合わせて、あの時の光景を思い出した。

ラマは私を抱きしめて、その行動をたたえてくれていた。私がただ演壇で虚無僧尺八を吹いたという理由だけだが、竹管に吹き込まれた音色にリズムではなく、一音成仏、竹に宿る仏の心が吹き抜けていくのを見抜いてくれたのだろう。会場のざわめきも一瞬止まり、静寂の波が広がって、全員の注意が私に向けられた、その時、

「リッスン　トウ　ザ　トゥルース　オブ　ユア　ハート……」（この世に残していく、あなたの心の真実を爆発させよう！）と、私は叫んでいたのだ。

私の祈りに似た心根の響き、多くの人の胸に届いたであろうか、この静寂の瞬間、ラマの胸に抱かれたその時に私には決心が宿った〈この瞬間に、今を生きている地球市民としての、覚醒した生涯を生きようとする私の実践に猶予はない。それは今ここから始まる〉

いま一度、黒人の聖者の人形が同じ意味のことを私に告げて、〈こころの真実に生きる今〉を伝えてくれていたのだった。

（四）

乗り合いバスは混み合っていた。ジャングルを拓いて造られた赤い地道の幅五メートル道路を、古い大型バスがほこりを舞い上げてひた走る。ペルーとボリビア国境が隣接する密林を六時間あまり、ガタゴト走る旅路の果てで、私たちはバスに揺られていた。高さ十メートル以上にも背丈が伸びた大きな草の葉の間から洩れてくる日差しを景色に見て古傷だらけのバスに乗って密林の一本道の悪路を走り、アマゾン支流の港町に連れられていくのだ。道の途中で、長さ二十メートルほどもあるだろう大型トラックが何十台も胴体の太く長い材木を積んですれ違い、走り過ぎていく。二十四時間の操業態勢で材木が運び出されているらしい。

熱帯雨林に生きて生活する人たちの密林が次々と消えていく姿を私は悲しく見送った。森と同時に、そこに住む動物や植物にとっても、取り返しのつかない悲しみが始まっているのだ。生態系の破壊を通して、生きる者の命を育ててきた文化が失われていく。

例えば、昨日、お祈りで出会った人々の、森に生きる者の英知の源ともいうべき、人類の目覚めのために働く植物も消え去るのだ。人間が瞬間に、自分にさし迫る危機を予知したり、病気を判断したり治癒させたり、森に生きる者の心を次元の異なるバイブレーションによって伝達し合ったり、予知する能力を育てる植物の存在などは、森と共に生きる者しか知らない秘密の財産なのだが、人類の無関心のすき間で大切な森の歴史とこの財産が消えようとしている。人類がいつまでも傲慢で強欲を生きるなら、この星は森と共に間もなく命が滅んでしまう運命となっていくだろう。

インカ以前からの文明であるシャーマニズムに保持されてきた、アマゾンの森に生きる者の命の血液である植物のさまざまな働きとその活用が失われてしまうのを、黙って見逃せない気持ちが私には生まれてきた。

私は未知なる森の伝統と密林の暮らしから森の真実を学ぶ機会を得た自分の幸せを胸に、アマゾン河支流の未知の終着駅でバスを降りた。そこはイナウイニ河とプルース河が交わる奥深い森の川沿いの港町だった。

「アクレのくちばし」とインディオが名づけた、その小さな町は、雨期には両方の河がぶつかって、七メートルも水位が上昇する危険な河口の町だった。ここで暮らす人々は常に予期せぬ水の脅威にさらされて生きているのだが、彼らの上半身は裸で半パンツ一つで陽気に街を歩く、自分をむき出しにして生きている現住民に不安の表情は読み取れない。

両岸の河がせめぎ合う沿崖を侵食している岬の先端に建つ、年代物のホテル「フロレスタ」が今日の私たちの宿だと聞かされて、私は岬の先端まで辛抱強く汗だくになって荷物をひきずって歩いた。部屋に荷物を運んだ後で、汗とほこりにまみれた躰を泥臭い水のシャワーで洗い流して一息ついたのだが、このあとも休む間もなくバスのスプリングで痛めた腰の手当ての暇さえなく、今度は市場へ飲料水や生鮮食品を買い出しに街に急いだのだ。明日の朝、早々とカヌーを漕ぎ出し、調査船の待つプルース河を逆昇るため日暮れ前の市場に向かう必要があったからだ。

町の小さな市場は打ちっぱなしのコンクリートの土間に、肉片や魚をのせた木製の陳列台が並び、首、足、胴体と臓物とに切り分けられた牛と羊が肉片となって、台の上に並んでいた。反対側の魚の台には、河魚のナマズが大小二十種ほども無造作に山積みされている。その横に人間くらいの大きさの魚「ピラルク」もうらめしそうに目をつり上げて、口を大きく開いた無惨《むざん》な表情で並べられている。その次に野菜の並べられた陳列台が続いていた。

天井は高く、入り口には鉄格子がはまり、風通しが良いように造作されてはいたが、市場の中は生臭い生き物の断末魔の臭いが漂っているようだった。

その時、ナレーシが手際よく買い物をする様子を見ていた私だが、不図、彼の傍で白髪の老婆が困った様子で買い物籠を抱えたまま、立ち尽くしているのが目についた。肉屋の爺々が声を荒らげて、何やら老婆を罵倒していた。そのとき、老婆の目にキラリと光る一粒の涙が流れたのを私は見たのだった。

何か事情があるのだろうと思い、私はポケットから紙幣を取り出した。見ると、最も高価な紙幣だと気づいたが、彼女の涙の価値はさらに尊く深い理由があるのだろうと思い、高額紙幣をそのまま彼女の手に握らせていた。

やがて、老婆は私をにらんで礼も言わず、ブツブツと何事かを述べると、肉片を買い求めて、私を見ずにうれしそうにそのまま立ち去っていった。その後ろから肉片にありつこうと、野良犬たちも彼女の後について市場を出ていった。

この光景を別の買物客たちが見つめていたのだろうか、その時、どこからかどよめきが起こり、ナレーシが私の隣に素早く駆け寄って来て、「一人だけを助けたら、大勢がうらやんで、私たちが痛い目に遭うぞ」と私を叱るのだ。

「一人も助けられなくて、どうして大勢に役立つ仕事ができるのかい？」

と私も言い返したが、理屈をこねても今は仕方がない。彼の忠告を受け入れて、急ぎ足で立ち去ることにした。帰り道では子どもたちが手を差し出しながら、しつこく私たちにつきまとってきた。やむを得ず、私たちは、河岸に張り出した桟敷ふうのバルコニーで大きなココナッツのジュースを飲んでから、店の者に送ってもらって難を逃れた。

町一番の高級ホテルでも、河の水を引き込んだだけのシャワーとバケツで流す水洗トイレの設備なので、それにすぐなじめなかったが、日本から持ち込んだお気に入りの石鹸や歯磨き、シャンプーなどが私を落ち着かせるために働いてくれたので、ホテルに着いた後、やっと日常性を回復することができた。

夜になると、町中がローソクの明かりだけの暗闇になっていた。それをホテルの窓から見降ろしていると、町は墓場のような寂しい風景で、野良犬の吠える声だけが夜の町に響く物悲しさを漂わせていた。その町の両側を赤茶けた河の水が水量を増して流れ、宿の先で出合い、合流して岬の先端から川幅を広げて流れていくのを月が映し出していた。いつかは、このホテルも押し流される運命にあるのだろうと思われた。

明け方は、私たちに銃弾を浴びせるような騒がしい音がして目が覚めた。大粒の雨がトタン屋根を打ち鳴らすスコールの激しい雨音だったが、尻込みもできず、意を決して荷物を持ってホテルを駆け出した。ずぶ濡れになって岬の下の舟着き場までたどり着き、エンジン付きカヌーに水や食料と旅行用の荷物を持って乗り込み、雨除けシートを掛けて、私たち二人と船頭は雨にけぶる視界のなかを船出した。

舟が岸を離れた後で、プロペラシャフトを差し込み、小舟のエンジンの点火を試みたが、濡れたプラグで着火せず、視界のない河に流されて舟は漂流を始めた。しばらくして船が浅瀬に乗り上げたので船頭といっしょにシャツを脱ぎ、そのシャツを雨除けにしてプラグに被せ、裸になって再びエンジンの紐を力いっぱい引っ張って着火を試み続けた。

いよいよ出発の時を得て、エンジン音を川面に轟かせることができた。間もなく、二頭のピンクイルカが川面に現れ、不安げに航行するカヌーを案内するように呼吸の合った泳ぎを披露して彼らが私たちを先導してくれた。船頭が言うには、イルカは小舟が浅瀬に乗り上げないよう航路を案内してくれているとのことだった。

しばらくして、ジャングルのイルカたちが姿を消したので残念に思っていると、入れ代わるように今度は紺と水色の羽根を持った大きな二羽の水鳥が現れ、森に私たちの到来を告げて飛び進むのだった。

こうして、河イルカと水鳥たちに森を案内されてカヌーを走らせていくと、やがてひと回り川幅の大きな河との合流点に私たちは着いた。そこがアマゾン河源流から最初の支流の大プルース河の始まりのようだった。

その河の合流点に近い岸部に停泊していた年代物の木造伝幡船にカヌーを横着けした私たちは、仕掛けられた渡し板をバランスを取って乗船することにした。乗って来たカヌーは船頭が伝幡船にロープでつなぎ止めた後、そこから乗り移った。すでに乗船していた大勢の人たちに挨拶したのだが、その時の私の心は、冒険の旅に出発する「小さな海賊船」にでも乗り込んだ気分だった。

船の甲板には大きな雨除けの屋根がかかり、その屋根を支えている柱に横木を渡してほぼ一メートルの間隔で十名程のハンモックが三列に並んでつり下げられ、三十名程の人々がそこに寝そべり、揺れ合って混雑していた。重油と汗の臭いが混ざった、

「命知らずの男たち」の吐息が漂っている船上は、私語と熱気でごった返していた。片隅で早速、ずぶ濡れになった衣服を着替えて間もなく、ナレーシが船長らしきひげ面の男、ゼモタという名の男を連れてきて、彼に列の奥に一人分のハンモックをつるす許可を得たと私に告げた。

ナレーシの隣に、私のためのスペースは取れそうにもなかったので、「私のハンモックをつるす場所はどこにあるのか」と尋ねると、「スペースがもう無い。満員だ」とゼモタが言う。そこで、腫れ面を見せて困った表情で船長のゼモタをにらむと、私を屋根の上に出るハシゴの前に連れていき「ここを昇れ」と指を上に差し、薄笑いを浮かべて私に指図した。

「バモス『スイート ヘブン』、ジャー」（スイートな天国へ行け！）と意味ありげに笑って言うので、私は荷物を階下に置いたまま、木製のハシゴを五、六段昇って屋上に出た。

そこは、河の両岸の風景を天空と共に見渡せ、さえぎるものが何もない鉄板屋根の上だった。アマゾン流域の密林が三百六十度パノラマで見渡せる特別なスペースを与えられたのだ。ジャングルの景色を独占できたようでうれしかったが、その風景美への感動とともに、鉄板の上でどうするのか不安であった。

雨が止んで、船が動いている間は、川面に吹く甘いオゾンの風を顔面に受けて、この上ない心地よさで気分は最高なのだが、風がやむと、たちまち蚊の大群が押し寄せてきて、地獄のスイート（応接間）に変わってしまった。見ると一度に百カ所も蚊に刺され、今すぐにでも河に飛び込んですべてを終わらせたくなる程の狂気の衝動に駆られてしまったのだ。

そこで急いで階下に降り、ゼモタ船長にそのことを伝えて屋上に蚊帳を張ってもらった。まず背もたれのある椅子を二脚運び上げてもらい、両方の椅子の背もたれに一人用の蚊帳を張り、そこにもぐり込んでみた。

しばらくはこれで大丈夫だったが、今度は再びスコールがやって来て、大粒のシャワーが青空から激しく降り注ぎ、眼前はけむって何も見えなくなると、蚊帳に溜まる雨水の重みで椅子は倒れ、スイートヘブンはたちまち騒動になった。降り注ぐ雨脚の勢いで何もかもがグシャグシャになり、蚊に刺されまくった火照った皮膚に打ち付ける強烈な雨が肌を差して寒気と痛みが走るのだった。

再び船長にSOSを出して工夫を重ね、蚊帳の片方は椅子の背に結ばず、運んできてもらったテーブルをかぶせて固定させ、頭の部分は景色が見えるようにテーブルからはみ出した荷物に結び、その荷物が動かぬように椅子の脚に結んだ紐を船の両側の金具に縛った。どうにか、夕暮れまでには雨除けにも虫除けにもなる私の陣地を築き上げ、夜には星界の軍団を仰ぎ見る天国を建築することができた。

夜になると、満天の星の天幕の中から、ひときわ輝く星が流れたかと思うと、その星の軌道を追いかける間もなく、次から次に星が流れ、また、その次の星が輝いて夜に輝く天空をあちらこちらできらめいて走る異次元な星界が現れた。森の女神が私に内緒で見せてくれているウエルカムパーティーの夜の大スペクタルショーに招待されたのだろうと思われて歓んだ。

その夜は、星が流れるたびに私の家族一人一人の名を呼んで、遠く離れていても「家族は一つ」の思いを祝福の言葉と一緒に流れる星々に贈って、残してきた家族を想い出し、心をつなぐ幸せを胸に抱いて眠った。

リオデジャネイロでの世界初の国際環境会議が実現したのは、国連と非政府組織の合同開催によってであった。国連は政府代表を集め、NGOと呼ばれる民間団体は、国連活動を補佐して公益活動する非営利の有志を集めた。共に協力して地球を守るための行動規範を定めることを目的に、実現に至ったのだ。しかし、議論のなかで、意見の違いをどのようにまとめるかで立ち止まってしまった。結極、NGO条約は予定を遅れて批准されたが、その実行は、それぞれの責任に任されることになってしまった。

そこで私たちの環境NGOはアマゾンの森の命を、地球生命だと考える地元アマゾンの非政府組織の要請に応えて代表を派遣して共同行動を起こすことになり、私もこの環境調査に加わり森林を守る仕事の機会を得たのだった。

これからの十日間はセリンゲールと地元の人たちが呼ぶ、天然ゴムの組合の管理地である五十七万平方メートルを巡る船旅をして、密林の生態を学び、植物や動物の保護プランや医療や教育、生活支援のプランも作成していくことが私たちに課せられた仕事となった。

NGOグリーンハートの代表団長として環境会議に実際に参加した私は各国、各団体が議定書の実行計画をそれぞれ決め切れなかったのが腹立たしかった。しかし、人類史上初めて世界の規模で良識を持った政府と個人が地球の環境破壊をストップさせるために行動を起こす宣言に合意できたことは偉大な足跡だと思えた。後は実践あるのみ。お互いの言葉と行動に責任を持って、人類の未来を創る生き方を、日常生活のなかで実行する仕事を始めることに合意できた十四日間だった。

私たちの「小さな海賊船」は蛇行を繰り返し、森の木立と緑の陰影を両岸に観てアマゾン河の源流に向けて濁流をおだやかに北上していった。エンジン音を響かせ河を逆昇っていったのだが、やがて北上するに従い、川面はなぜか泥の泡のような黒いものや白いものが無数に浮かんで流れてくるのが見られた。

「川面に浮かぶ、よどんだあの泡はどうして出来るのかい?」と私がナレーシに尋ねたら、彼は船長のゼモタを呼んできた。手にも顔にも焼玉エンジンの油だらけになった船長のゼモタがナレーシと話しながらやって来て、私にこう説明した。

「AKIRA　アリ　アグア　デ　ベネーノ　ファゼ　オーロ」(あの泡は金の採掘用の毒水だ)

この上流に外国資本との合併で金採掘場が出来た。そこで、金の精製に水銀を使う。以前は掘り出した金鉱石をそのまま輸出していたのだが、今は作業場で精練するようになった。その結果、魚が死に、河に悪臭が発生する、今まで経験しなかった環境汚染が生まれたのだ、との説明だった。

他にも、魚の腹綿だけを抜き取り、サプリメント原料として輸出している日本企業が現れ、魚の残骸を河に流すので河は汚れ、悪臭で住民は困っていることも伝えられて私は驚いた。

「水銀の使用は、早く止めさせないと人間の健康に幾世代も重大な被害を起こす」と、私はすぐにゼモタに伝えた。

「すでに肢体の不自由な子どもが生まれたり、体がしびれて不自由を訴える人がいたりするのだが、採掘にかかわるよりほかに仕事がないから、受け入れた習慣がそのまま続いている」と口を結んで、困った表情を私たちに見せるゼモタだった。

さらにまた、このあたりの支配権は政府よりマフィアが強く、部族ごとに五百人、千人の単位で採掘の仕事を請け負わされているから、個人としての異議申し立てが困難だとも聞かされた。

そうした事実を見聞して、私は、森からの略奪ではなく森と共存できる将来のための協力プランを大急ぎで住民と一緒につくることが、私たちのさし迫った重要な責任だと痛感したのだ。

「皆を助けられる良いプランを早く作ってくれ」

ゼモタが私をにらんで、そう言った。

（五）

空が晴れると灼熱の太陽が船体を焼き焦がし、鉄板に塗られた塗料が熱でとけてはじける。鉄板がジリジリと音を立て焼かれていく。

エンジンが過熱して船の運航が停止すると、暑くて耐えられなくなる。さらに無数の蚊の大群が次々に襲いかかってきて、首のまわり、手首、指先や耳の後ろと順に私を痛め続ける。その患部に微細な虫がどこからともなくやってきて、皮膚から出る体液を吸うために群がってくる。

「森の神様、もう我慢できません。限界です」と私がつぶやくと、今度は激しくスコールが降り注いで、やっと躰が冷やされて、助けられるのだが、三十分も雨が降ると、また止んでしまう。再びジリジリと鉄板が焼ける音が聞こえる。その繰り返しで、昨日は暮れた。

今朝からは、沿岸の村や家々を訪ねて、住民の健康状態やら植物の分布や生息動物の数と種類など、幾つかの班に分かれて聞き取り調査を始めるので、私たちも朝食の後で出発することにした。

昨日は移動の疲れもあって、流れ星を数えているうちに、夕食もとらず眠ってしまったようで、今朝は空腹だった。

ほとんどの人はパンやクラッカーにバターを塗ってインスタントコーヒーで流し込むような朝食なのだが、私とナレーシは昨晩、夕食を取れなかったので、船の給食係の太った女性が、あの生臭い市場で買った羊肉を細かく切って豆と煮込んだ品やライスを用意してくれた。ご飯にはファリーニャと呼ばれるタロイモの粉がふりかけてあり、ごわごわになった飯をよく噛んで食べた。これではあまり食べられなかった。

森の仲間の食事は少食なのだ。躰が大きいとジャングルを動き回れないのが真実だ。そして、食べるものにお金をあまりかけないから、マレーシアで養植ゴムの生産が始まり、アマゾンでの天然ものの需要が減って、収入がなくなってもセリンゲールと呼ばれるゴム採取人たちは、生き延びて、ジャングルで生存してこられたのだろうか。

この森を知り尽くし、森で自給してきた彼らが今、森林を破壊する資本家のエゴによる環境破壊によって暮らせなくなったと訴えている。どうするべきかを、原住民だけに委ねるのではなく、地球の財産をみんなで考え守ってほしいと世界に訴える行動を起こしている。

アマゾンで生きる人たちの多くが、とても古くから森で暮らし、代々庭先の土に埋まって一族の絆を森の土となって見届けているのだ。今、彼らにその森での生活が許されなくなると、広大な森も加速度を増して滅ぶ。それを喰い止めるため、外国人である私たちにも何ができるかを探る調査が、今朝から始められるのだった。

腹ごしらえが済むと、私たちはすでに出発していた班とは別に、沿岸の村や家を訪ねて聞き取り調査をするために、「小さな海賊船」を降り、新たなチームと合流してエンジン付きカヌーで岸辺に向かって移動を開始した。

そこで最初に私が見たものは、草原に立つ高床式住居であった。何と、われらが歴史の教科書や授業で学んだ弥生時代そのままの住居群であった。

一説によると、アマゾンの原住民のルーツは日本の東北地方だと言われている。DNA鑑定や血液の検査でも一致する。また、彼らはわれわれと同じく蒙古斑のある民族だ。遠い昔のわれわれのご先祖との対面のような気持ちがしてきた。

まず、カヌーを水辺の浅瀬の杭につなぎ、カヌーの先端から水辺に降りて上陸するのだが、最初の一歩がぬかるんで足首まで粘土に埋まる。足を引き上げようとすると、ゴム草履が残されたままで素足だけが土から離れて次の一歩が踏み出せないで倒れてしまった。

腰をかがめてふり返り、尻もちをついたままでゴム草履を凹地から引っ張りだすと、つかんだ鼻緒が切れて、また転んだ。泥んこ遊びの独り相撲のような時間の後で思い切って河に入り、泥を洗い流してから立ち上がって、素足のまま草履を手に持って、住居が立ち並ぶ草原の丘へ向かって私は歩いた。素足の感触が気持ち良かった。土が生きているからなのか、土の呼吸が伝わってきて、汚い気持ちが全くしなかった。意外なことに、水も冷たく清潔そうで心地よかった。なぜ、インディオが素足か判った。この心地よさは大地の元気そのものなのだ。

それから、草原の丘に立って高床式住居を見上げると、屋根は茅葺ではなくバナナの葉を重ねて枝で止められている粗末なものだった。床と壁は板を打ち付けて造作されていて、荒削りな柱は五センチ角の太くない素材だが、マホガニーだろうか、木目のしっかりと詰まった固い木で丈夫そうだった。裏に回ってみると、台所には水ガメがあり、そこから水をくみ出して高床で直に洗い物をするようだ。流し場から排出される生ゴミは、水と一緒に床下に流れ出て、床下にいるチャボたちが、その野菜の生ごみをおいしそうに食べている。何一つゴミではないが、いつかは彼らの餌食となるのだろう。下水も川に流されてナマズや小さな魚の餌となっているのだろうか。

私が縁側の敷板に腰かけて、先に来ていた医師らしき人の聞き取り診断を横目に見ながら、部屋の中をのぞき込むと、部屋は腰の高さで仕切られてプライバシーはないが、夜になると川面を走る風が吹き抜けて、虫や蚊を寄せつけぬように組み立てられていた。両側が縁側になっていて陽あたりもよく、家族でハンモックをつるして、だんらんができる広い部屋へと続いていた。トイレは別棟にあり、バナナの葉で囲われてあった。

びしょ濡れの服のまま、縁側に座って日差しにまどろみ、聞き取り調査を眺めていると、丸刈りのトンガリ頭の医療担当者が、乳飲み子を胸に抱きかかえ足を延ばして座る母親にインタビューしていた。

母親の周りをたくさんの子どもたちが取り囲んでいるのだが、

「乳はよく出るか」

「子どもたちに医者が必要な児はいないか」

「食べ物はあるか」

など問いかけ、質問の応答をアバタ顔の記録係の女性が汗をぬぐいながら一冊のノートに速記していた。
五、六分して私の服が乾き始める頃になると、半ズボンの境目あたりに小さな蚊が寄ってくる。てんとう虫を小さく、もっと小さくした格好の黒い蚊が腰や首周りにやってきた。
蚊の名前はピューンと呼ぶようだが、肌の白い脂肪分の多い訪問者の血が好物のようで、私にだけ、名前のごとく、素早く襲いかかってくる。

必死に蚊を振り払い、彼らを叩いて殺し始めた私を、奥の部屋からのぞいていた家の主人らしい小男がやって来て言った。

「俺たちは蚊を殺さない」

そう言って、何か小さな瓶に入った独特な植物の香るオイルを差し出し、

「これを塗ると蚊は襲わない」と教えてくれた。

早速試してみようと、ビンのふたを開けて、噛まれていた肌に塗ると、すぐに痛みや痒さが消えて、寄ってきた蚊もUターンして帰った。

「俺たちは自然の恵みをもらって生きているから、お返しに小さな蚊にも噛まれてやるのがよい」

と、ほほ笑んで前歯の抜け落ちた丸い、日焼けした顔をこちらに向ける。

「そう言っても俺たちの血は栄養不足で甘くないから、あんたに群がるようには噛みには来ないがねぇ」

唇をニッと開いて見せる前歯の抜け落ちた黒髪の無精ひげの男は、森に生きる者のたくましさを宿した顔つきだった。

「アンジェローバと呼ばれているこの油は天使の油という意味だ。この森の油を塗ると、もう蚊に噛まれないからお前にやるよ、持っていけ」と言ってくれたので、とてもうれしくなって、何かお礼をする物を持ち合わせていないかと思いをめぐらし、腕時計を外した。

「プレゼントです」

と言って差し出した手を握り返すオカッパ頭の小男の手は、木肌のように部厚く固い、ざらざらした手だった。

家族の全員が縁側に集まってきて、インディオの手にはめられたデジタル式防水時計をめずらしそうに眺めていた。

「素晴らしい思い出になる物をオブリガード」と真剣に喜んでくれた。

乳飲み児をあやす女房や子どもの兄弟たち皆の笑顔と、アマゾンの家族の平和なだんらんを眺めることができたのだが、「森に暮らす人々に希望を造り出せればジャングルは守られ地球は生き残るだろう」と胸の内では思っていた。自然の驚異を恐れず、喜びと健康につつまれて彼らが生き続けられることが、私たちの希望でもあると実感したからだった。

世界は一つの運命共同体である。すべての命が他の命とつながるエネルギー体としての機能を取り戻すとき、人類は救われる。その鍵はCO_2を酸素に変えて与え続けてくれている、アマゾンの熱帯雨林の森に人類がいかに敬意を表せるかにあると、私は実感していた。

（六）

その男の名はテテオという。医者ではないのだが、法律上、アマゾンでは治療行為が許されていた。村の人々は彼をシャーマンと呼び、われわれが医者や病院にかかるようにして病気の治療を頼む相手だった。

彼とは今朝初めて、森の住人の聞き取り調査で顔合わせしたのだが、その彼が「小さな海賊船」の屋上に私を訪ねてきて、蚊帳の内でうずくまる私を気遣って声をかけてくれる。

「ＡＫＩＲＡ、気分はどうだ？」

午後になると、ジャングルの気温は簡単に四十度を超えるので、私の気力は減退していた。それに川面を走る風が止むと、また、あの蚊の大群が押し寄せて来る。

蚊帳が張られたテーブルの下に逃げ場を求めて私が潜り込んでいるので、テテオが様子を見に来てくれたようだった。

「どうだい？　天使の油をいっぱい持ってきたよ」と言うと、蚊帳の内に手を差し入れた。

「ほう――だいぶ熱っぽいな。でも、大丈夫だよ」と言いながら、たくましいジャングルの香りのする油をたっぷり背中に広げ、私の躰を撫でてくれた。

「今夜はお祈りでハインヤをたくさん飲めば熱は引く。躰の元気も回復するよ」

「ハインヤとはどんなものなんだ？」

「お祈りに使うあれだよ。神様のお茶で「聖餐《せいさん》」と叫んでいる、あれだよ。アマゾンにある神経細胞をきれいにする植物と、意志の力を強靭《きょうじん》にする植物の二種類の働きをする植物から造る、あれだよ」

「へえー、私が黒人の聖者の教会で飲んだ、あの芋蔓の湯がき汁のような、おふくろの味のするあれだな」

「ああ、それだよ。それはアマゾンの森に住む神が人間に神と同等の能力を授けてくれる有難い植物野菜で神様の分身だと信じられている……」

　とテテオが天に手のひらを広げて説明してくれた。

「俺のように、人の病とかかわる仕事をする人間は、常々、強い意志の力と霊力で自分をきれいにしておく必要がある。そのためには、この聖なるお茶を飲んで祈りの修行を毎日続けて、人を治せる神聖な力を俺自身に宿していなければならないから、今も俺は毎日、いつの時も神と一体である祈りを続けているんだ」

しばらく背中をこすってくれていたテテオが口をとがらせて言うのだった。

「だから、ハインヤと黒人の聖者はどちらも俺を導いてくれている神様なんだ」

そう聞いて私は、彼の真剣さをさらに理解したいと思い、勇気を出して蚊帳を出て、テテオと向かい合い、椅子に座って話すことにした。

川面を駆け抜ける風が肌を撫で、さわやかな心地を感じさせてくれ、甘いアマゾンの森の風が躰中に沁みわたって流れていくのが感じられて、気持ちがよかった。

「ところで、その黒人の聖者とはどんな人物だったの、君とどう関係しているのか聞かせてよ、テテオ」

いつの間にか蚊に刺された痛みも忘れ、テテオの、時折、光る眼孔をのぞき込むようにして私は尋ねた。

私の目には船の両側でジャングルの木立が揺れ、静かに時が流れて、ジャングルの木々がわれわれの話に聞き耳を立て始めたように思われた。

――俺が、黒い聖者と初めて会ったときは、儀式のなかでだった。俺はそこで彼に言ったんだ。「今日は決心して来ました。私に神様を見せてください。私にすべてを教えてください」と。

――だけど、その日は何も見なかった。何も起こらなかった。そこで、一度でその世界に見入る人も居れば、だめな人もいるのだろう。俺もそうだろうと、次の機会にも、またその次の儀式のときも、「これから起こることを森で一緒に働く仲間にも伝えられるように見させてください」とお願いして、「コップ一杯の神様のお茶」を飲んだが、何も起こらなかった。俺は腹が立った。四度目になって、また、駄目かと思った瞬間、目の前が明るくなって金色の幕が降りた。ハチドリのように羽根をバタつかせて、たくさんの小人の女性がホウキに乗って俺の周りを飛び回り出した。

――これが女神なのかもしらんが、こんなもので俺は満足できない。この程度のことで人々が惑わされているなら、俺には必要ない。もうハインヤを飲むまいと、不信心な気持ちになったのだが、ある日、もう一度だけ飲んでみたいと思ったのだ。

――そして、その時が来たのだ。もし、見るべきものを見たら、それならハインヤの女神を信用するが、そうでないならもう二度と飲まない、と決心して、もう一度だけ飲んだときに、飲み終えて椅子に座ろうとしたら、よろけてうまくいかず床に倒れた。そのとき、何かが俺に乗り移った。

――苦しそうにうめく俺自身の声が最初に聞こえた。とても苦しそうだったから、聞きたくなかったんだが、俺の声ではないと思いたかった。押し込めていた生暖かいものが、頬をつたってとめどなく流れた。

――いやだ！　見たくない！　と俺は叫んだのだ。

「それがお前だ。泥酔と不名誉と偽りの人生を生きる、迷子のお前をよく見ろ」と黒い聖者の声が聞こえ、汚れた俺の姿を繰り返し、見ざるを得なかった。

「ああ、そうです。認めます。そのとおりです。俺です。許してくださいよぉ！」と俺はまた叫んだ。

――どれだけかの時間がたって、俺は母の胎内に居た。今度は母の胎内にいて悶え、苦しんでいた。懸命に叫んでいた。苦しいよ！　許してくださいよぉ！　と何度も必死に叫んでいたんだ。そして、自分が生まれた瞬間を見た。

――それから物心ついて、自分が生きるということを意識し始めたときの記憶もやって来て、また叫んだ。

「ちくしょう。意気地なしめ！」

次第にテテオの話す声が大きくなり、両岸の森が反響して、木霊《こだま》した声が風に揺れて、木立同士の噂ばなしになって聞こえたり、時に空に舞う小鳥たちのひそひそ話に聞こえたりしていた。

――外側の世界はどこを見ても偽りでむなしいだけだ。信じられない。この世界は嘘だらけだと俺は知ったんだ。醜い異常なものが人間の社会の常で、苦痛だらけの人生をつまらなく過ごすのは、もうゴメンだ。生きるか死ぬか、何とかしたい、酒に溺れるのも、もう止めようという気持ちが起こり、森の神に願いをかけた。

――お前の生きてきた道、恥じ入る人生をよく見たか。もう、これ以上、異様で醜い、うわべだけの人生を生きるのはよせ。貧しくとも新しくやり直せ。自分の求める人生を始めろ。自分の道を拓《ひら》け！　と黒い聖者の救いの声が心の内で聞こえだした。

――俺は森の女神と一緒に「道」を生きる歓びに気づかされたんだ。やっと、心底から自分を汚らしくしない神通力を、ハインヤが俺に教えてくれるようになった。

だから、俺は医療助手に志願して修行する道を選んで、森に暮らしたり、軍隊にも参加した。「そこで、しっかりと物を見る力、自分の意志の力を神の力と一つに合体する術を学んだ。それは唯、神とつながりたいと願う自分の意識にフォーカスするだけでよかったんだ。だから俺は感謝しているよ。黒い聖者とハインヤに教わって今があるのだから……」

夕暮れ時、水鳥の群れが巣に帰っていくのだろうか、われわれの頭上を十羽、二十羽と群れを成して鳥たちが夕焼けの空をV字型に切り裂いて飛んでいく。視界から伸びやかに、あるいはゆったり飛行して、また視界から消えていく。密林の奥深く分け入る小鳥たちが、次々に彼方の空から飛んできては、すみかに帰るのだろう。それぞれの仲間と群れて飛び去っていく。

――黒い聖者の助手として俺は軍隊で衛生兵の仕事も志願したんだ。彼が徴兵されたので、俺も志願して軍隊で彼の仕事を手伝うためだった。彼は誰よりも勇敢で、いつでも死線を越えて人を助けにいった。彼は周りの人間をとても大切にしてくれた。決して信頼を裏切らない奥深い愛の人だった。

——ある時なんて、二十六名の小隊が三百人以上の大隊に取り囲まれて絶体絶命だったが、彼は単身で助けにいって森に火を放ち、空砲の機関銃を乱射しながら敵を一人も殺さず味方の全員を無事に帰還させた。そんな命知らずの活躍を平気で何度もやってのける人だった。だから軍隊の友人たちが、学歴のない黒人の大男だった彼を従軍の神父に推薦して、彼は除隊もせずに仲間を守る役目を長く引き受けていた。戦争が終わるまでの二十年間も、彼は仲間への献身のために働き続けた。

——国の紛争が治まり、アマゾンでの戦争も必要がなくなって軍隊は解散したので、彼は正式にアマゾン州で初の黒人の神父となったんだが、彼は森の採取人の家庭に生まれた貧しいセリンゲールだったので、教会制度というものになじめず、森に隠棲した。そこでインディオのシャーマンたちからインカの伝承医療や儀式の執り行いや聖餐《せいさん》の創り方など森の秘密を継承していった。

——やがて、彼を慕って採取人の仲間や軍隊で彼に助けられた人たちが彼の周りに集まり、彼をマスターとして崇《あが》め、彼の教えを広めるようになった。俺もその一人だがね。

彼の教えはシンプルなものだ。それは、三カ条あって、助け合って生きること、何があっても助け合って生きる。次にアマゾンの森に棲む神と共に生きることは、毎日祈りを欠かさない誓いを生きること。最後に人を先に助けて自分は後から生きていく、というものなのだ。

その時、屋根の下の甲板から騒がしい物音が聞こえて来た。屋根の下では儀式の準備を始めたようだった。船長の使いの男が来て、私の目の前にあるテーブルを階下に運び始めると告げるのだった。

テテオも「階下に行こう」と目で合図したので、ハシゴの下で待ち受ける男たちにテーブルをゆっくり降ろしてから、男たちの後に続いた。私たちが甲板に出ると、一斉にハンモックを取り外して働いていた。今、来たばかりのテーブルが中央に置かれ、純白のテーブルクロスが敷かれた上に、花と十字架が置かれた。十字架は横二本、縦一本の木組みの十字架で、その前にローソクが置かれ準備が整った。

周りではテテオの助手らしい男が何やら説明を始め出した。すぐに、ナレーシが私の傍に来て伝えてくれた。

「今夜のミサは黒い聖者の命日にあたり、われわれが明日から森のさらなる奥地に無事に旅できるように彼の加護を祈る儀式を始めるようだ」との説明だった。

船のデッキにはランプが灯されてハシゴと船尾の柱にハンモックが一つ掛けられていた。見ると、私のハンモックだった。

「お祈りは長い時間ではないが、ＡＫＩＲＡの寝床は片付けられたので、今日、君はここで寝るようだ」とナレーシが伝え、テテオを見ると彼が訳ありにウインクしていた。

〈そうか、今夜の寝床はここか、何かあるな⁉〉と、テーブルを元に戻さなくてよいので安心する気持ちと未知なものに分け入る気持ちを心に秘めて、私が了解の合図を送った。すると、「今夜の祈りは、何か君にとって特別なことが起こるように祈っている」とテテオの返答だった。

船のエンジンが止められて、テテオがさりげなく、ライターの火で祭壇のローソクに火を点けた。全員が十字架の周りに集まり、最初に祈りの場所を清める短い教文を唱和した。

次に、黒い宣教師の生前の愛に感謝を捧げる祈りが二十一回繰り返された後で、「助け合って生きていきます」「アマゾンの森の神と共に生きます」「森に生きるすべての生命に愛を捧げます」と、各七回参列者の全員が唱和した。

それから、男女別に左右に分かれて祭壇を取り囲み、テテオが近親者から順に聖餐《せいさん》をコップに注いで分け与えた。今日のグラスはいつもより大きいものだと思われた。

すぐにナレーシが私の傍に来て、「言い伝えによれば、聖者の命日である特別な日の聖なる儀式に参加すると、今日よりは自分を見つめ直し、心の内側に隠されていた炎を発見して、愛に目覚める。今日より自分の見張り役となって生きる日が訪れる」と言うのだ。

そこで、やはり並々と注がれたコップ一杯の神様のお茶をゴクリと飲んで、私は静かに椅子に座って目を閉じた。

〈今日より永遠の目覚めが私にも訪れますように〉と心で祈った。すると、私の躰が急に軽く感じられて、地上を離れる気球のように、ゆっくり上昇し始めた。

何か不思議な事が起こり始めたんだと思い、屋根の張りのあたりで、肉体を離れて意識体となった私を宙に浮かべたままで、直下の祈りの光景を眼下に見て、内なる心となった私が浮かんでいるのだった。

〈組織化された管理社会に生きる私たちの心は、毎日不安だらけで、そのまた不安だらけの社会が、あれはダメ、これもダメ、と言い続ける。街には自殺願望者や精神破綻者があふれ、誰もが大自然のジャングルから始まった人間の起源を取り戻せないまま、大地から離れ森に帰れなくなった孤独な戦士になっている。子どもの頃の誠実な過去の記憶だけが心の拠りどころとなり、成人に伴い体験したことの恐れから身を守り、他人を受け入れられず、希望も見いだせない人類が世界にあふれ、のたうち叫んでいる人間存在の現実、それは、この人間社会がすでに精神科の病院のようになってしまっているという事実に気づいたことだった。

今こそ植物に囲まれ、森ととけるように呼吸していた時代の、安らいでいた幸福を思い出し、自然回帰しなくては人間の脳が限界を超えて狂気で機能を失い、仲間を殺す異質な生きものとなっている。人類の滅亡はすでに始まっているのだ。どうしたら食い止められるのか〉

そんな想いが意識に浮かび上がり、遊体離脱したままで私の肉体から離れた、思索している私の幽体が異なる次元から私自身を見ているのだった。

〈多くの人たちの心が私のように、森での祈りの体験を共有できれば、人々が見失ったものや、あきらめたものを再び取り戻す機会が即座に得られるのだが……〉と思索は続き、私はその時、私自身に了解した。

〈アマゾンの熱帯雨林に人類を救う文明の鍵＝植物の力が隠されているのだ。私の残された命はこの鍵を使って、希望の火を人類に灯すことではないか。それこそがこの世界に生まれ、アマゾンに来た私の命の意味ではないか！　女神よ、私に命じてください、と心が叫んでいた〉

〈何とか早く行動を通して伝えられるように私に教えてください。熱帯雨林に息づく生命の秘密と、そこに宿る植物の、意識の扉を開ける方法を知り、森の女神の愛を世に知らせる人生が始められるような自分……〉

　ここまで森の女神と一つになって、確かに啓示を受け取っていた私の魂だったが、ナレーシが私を心配して、その様子を見にきて、私の肩に手を触れたとたん、分離していた肉体と魂が統合され、気持ちよく元の私におさまって、新しい理解に至った私が椅子に座っていた。

　人間の魂というのは、常に生きる者の温かいエネルギーとの一体化を求め、それとつながる方向に動いて機能しているものだと、その時、驚きと共に識《し》った。

　植物が日差しを求めるように、命の霊妙な智恵はその愛によって人間同士を受け入れ合ってきた。人類がいかに愚かであろうと、植物と共に生きようとする意識が芽生えるなら、言葉を語らぬ植物がすべての人の命を輝かせ、尊い存在として本来の人間らしさを取り戻させてくれるだろう。人間はすべてを解き明かす能力を森の植物から手にすることができるのだ。その時が早く来るように私が役立てればよいのだ、と理解したのだった。

次の日の朝は、「小さな海賊船」のエンジンを調整するらしい。昨夜のお祈りを境に伝幡船は「小さな伝導船」に生まれ変わったようだ。

ひげの船長ゼモタが油まみれの顔でスパナーを持った手を振り上げて、ナレーシに何か説明していた。

「今日は船を降りてジャングルの対岸に歩いていく。途中でパドリーニョと呼ばれている指導者と合流して、森の女神〈ジュラミダン〉の加護を求める儀式をしてから、さらに奥地に分け入るらしい……」

船は調整が済み次第、追いかけてくるが、U字型のここの地形は歩いて向こう岸に出るのが適しているらしい。突然、未知のジャングル行進が始まると告げられて、不安と期待を抱いて、初体験の一歩を踏み出すことになった。

〈いよいよ始まる時が来た〉そんな思いで下船した。

隊列の先頭には歯のない小男がカマで、けものみちを刈り込み、次に背の高い男が肩に旧式の単発銃を担いで、注意深く行進は始められていった。その次に、水や食料を担いだ若者たち、そして食事の世話係の女性たちの後方から私とナレーシが続いて歩くことになり、さらに大きな荷物を頭に担いだ男たちが続いて行進は始まったのだ。

背丈が四、五メートルもあろうか、見上げた密林を被う広葉樹の間を抜けて道なき道の行進は続いた。時折、樹間を抜けて差し込む木漏れ陽が私たちを見守る女神の愛であるように感じられて不安な気持ちを追い払い、密林の朝もやをかき分けて私たちは懸命に歩いた。

あちらこちらで、鳥たちが歓迎してくれているのか、美しい音色に混じって、甲高いサルの遠吠えやけものたちの呼び交す低い声も聞こえてきた。だが、私から恐怖はすでに消えていた。未踏のジャングルを歩いているという事実に、感動で胸がいっぱいになっていた。額の汗をふきふき、われわれはさらに奥地へと行進を続けたのだ。

見渡す限り、彩りの植物が茂る樹間の路を一時間以上も歩いた頃には、体中が汗に濡れ、あたりでは小猿たちの雄叫びが激しく飛び交う声に混じって猛獣の低く太い唸り声もやはり聞こえるのだった。

やがて視界がひらけて、大きな湖の前に出た時のことだ。

空は透きとおって紺碧に晴れわたり、雲は汚れのない純白の綿雲で、みるみるうちに形をもくもく変化させる白い彫像になって、数々の雲の芸術作品が視界に迫ってきたのだった。

そこからまぶしくきらきらした雲の粒子に照り返る陽光が反射して、晴ればれとして澄んだ透明な気配《けはい》が私を取りまいた。

私は全身にきらきらみなぎる「霊気」を感じて、〈ここは特別な場所だな〉と直感したのだった。

この湖は太古の昔から在る秘境の聖地だと直感していたが、小高い岩影を静かに映してたたずむ湖面の静寂は、悠久の時を忘れて眠る水の精霊たちの棲む場所だと私の心がつぶやいたのだ。

さざ波一つ起こさぬ、鏡のような湖面の水明な風景に、私の心は美を悟ったようだ。

未踏の自然界に分け入った私にとって、大自然に実在する聖地を生涯忘れることがないと思われるほどの感動だった。何もかもが澄んでいる写し絵のような風景の、これほどに深い神秘を湛えた場所を他に知らない。私は、われを忘れ深い静寂に酔いしれるのだった。

しばらく時間が経っていたのだろう、コーヒーの香りがして、豆の煮物と一緒に古い鉄カップに入った香り立つコーヒーが、背の低い屈強な青年によって私に届けられた。

先刻まで汗を拭いていた女性たちが、すでに食事の支度を終わらせていた。若い者があたりの倒木を集め、岸辺の石を組み、火を起こしてから煮炊きしたコーヒーを沸かしてくれたのだろう。

何事も手際よく一生懸命なのが、アマゾンの奥地に暮らす者の流儀なのだろう。仕事に手抜きがあると一年の収穫を失うことになる自然の厳しさのなかで生きている人たちは段取りが素早い。

私は満ち足りた幸福な気分で簡単な食事を済ませた後、湖に面した木陰につるされたハンモック蚊帳にすべり込んで、森の景色にとけていった。ハンモック蚊帳とは、ハンモックを包むように一人用の蚊帳が取りつけて蚊が潜り込めないようにしてあるアマゾンのハンモックのことだ。

ジャングルの行進のとき、私の後方から荷物を担いでいた人たちが手分けして、食事の間に下草を刈り、初のジャングルでの就寝の用意を整えてくれていた。

食事の後、湖水の清らかな水で身体を拭いた私は、心地よい風に吹かれてハンモックに揺れ昼寝したが、その時、私は不思議な夢を見た。

能舞台のような場所で私が五、六人でハインヤのお祈りをしている様子だった。私は歌っていた。知らない聖歌にリズムを付けて、舞台の上で皆を先導して歌っていた。

「とわの祈りを――ありがとう」

「とわの光りを――ありがとう」

「真心からありがとう――あなたとみんな」

「真心からありがとう――お父さん、お母さんありがとう」と、知らない歌を声に出して歌っていた。

夢のなかで脳裏に映るシーンに集中していくと、一緒にお祈りをしているのは、どうも私の家族のようだった。妻も子どもも顔があるのだが、私だけが顔がなく、それらしいものが空中にあって、翁の頭巾をかぶっていた。白い空気のかたまりで出来た翁の顔は、いつまでも空中に浮いたままで浮かんでいるのだった。

もしかすると、それは私ではなく、冥界の父が私を見守っている姿の写し絵かもしれないと、その時思ったので、目を開いて確かめてみようとして眠りから覚めた。

不思議なことに、一匹の蚊さえ侵入できぬ蚊帳の中に一匹の蝶が舞っていたのだった。

「どうやって侵入したのかい、君は……」

「その紫の蝶はＡＫＩＲＡに恋をしたのよ、きっと」と、どこからともなく甲高い女性の声がケラケラと笑い声に変わって、森に響いた。

「確かめたかったら、その蝶を逃がしてごらん。ＡＫＩＲＡと一緒に寝たと森中に言いふらすわよ、きっと」

歯切れ良く、響き渡る声の主は小柄な美人だった。

「こんなに早くあなたと会えるなんて、すごいわ」

髪は長く、目鼻立ちの整った、鈍く黒ずんだオーラを宿す美人が私のハンモックの傍に来て言うのだ。

「私はアントニアよ。主人のフェルナンドがあなたと友達になったと知らせがきたので、お目にかかれる日が来ると思っていました」

彼女が自己紹介するので、蚊帳を出て蝶を手から放してから、挨拶の抱擁を、彼女と交わした。

黒髪から乙女の香りが湧き立つアマゾンの女性は、憂いも屈託もなく輝いていた。その清純な輝くオーラを浴びて、目が覚めた。

そのあと、何げなく足元に視線を落とすと、先刻の紫の蝶が足先に舞い戻っていたではないか。

身体をかがめて近づくと、パッと羽根を開いて見せてくれる。紫色の羽根の奥には蛍光色に輝く黄色い小さな斑点が中央にあった。もっとよく観てみようと腰を落とすと、蝶が二、三歩前に自ら歩み出てきた。

突然、蝶は私の頭に飛び上がり、右肩や襟《えり》に飛び移って、〈もっとよく見てよ〉と催促するように、今度は左肩に飛び乗ってから彼女のすべてを観させてくれた。肢体の奥にあったものは、みどりのハート型をした斑点だった。初めて観る蝶の文様だと思った瞬間、私は理解したのだ。

〈これは虫の知らせというものだろうか。今、起こっていることは、父が冥界から私

のグリーンハートの活動を見守っているとメッセージを送っているという虫の知らせではないか〉

再び足元に立つ蝶の隣に、もう一匹の蝶がやって来た、と思った瞬間、湖面の周りには数十匹の蝶が渦を巻いて舞い出した。

蝶の数はどんどん増え続け、渦を巻く一つのエネルギー体となって天にまで伸びていくように思われた。アントニアが言っていたことは本当だった。あの蝶が言いふらして呼び集めているのだろう。やはり、森の妖精が私に伝えようとしている何かがあるのだと思われて、心を澄ませて蝶が舞うエネルギーに同化して、それに意識の焦点を合わせた。

私がアマゾンに来たことを歓ぶ亡き父の祝福が、蝶の舞う姿となって私にエネルギーを降り注いでくれていると感じた。父の胸に抱かれていた頃の記憶がよみがえり、安らいだ空間にいつまでも立ち尽くす私だった。

やがて、あたりが騒がしくなった。森に成長している大きな青葉を打ち鳴らすスコールの雨音が天にも届く勢いで響きわたった。落雷の閃光がひらめき、一瞬爆音も轟いた。空には蝶の姿が消えて、雨もようの空が煙っていた。

清めの雨が通り過ぎると、今度は私たちとは別の一団が、こちらに向かってけものみちをずぶ濡れで歩いて来るのが見えた。

誰が来たのかと遠くを見ると、リオデジャネイロで再会を誓ったフェルナンドとチコたちだった。その後にはリオ・ブランコで見覚えのある指導者パドリーニョとその一団も一緒に隊列を組んでやって来ていた。

私は感情が込み上げてきて、「VIVA」の声を上げ、懐かしさにあふれて魂の友人たちを出迎えた。

皆が口々に「元気にしていたかい、AKIRA」と手を差し出して力強い握手を求めてくれた。その手を握り返して異国の地での友情の絆に感謝を覚える私だった。

精霊の宿る湖を背にして、今来た一団の人たちが運んで来た私の見慣れた椅子が中央に置かれた。パドリーニョと呼ばれるあの大男がそこに座り、儀式に使われるマラカスを振って、湖の隅々にその力強い音を響きわたらせた。

その時、一陣の風が起こり、先刻までの穏やかな湖面が陽光を映して揺れ、音が細かい光のシャワーとなって地上のいたる所に反射して湖面を走り抜けた。

彼の振り鳴らすマラカスには信念がこもっているのだろうか、雑念を払い、森に眠る命を呼び覚まして、森の生命を活気づかせる響きが感じられた。

この湖に住む龍宮の使いのような大魚も一匹現れて、湖面を跳ね上がり、何事が始まるのかと様子をのぞきに来て、彼女もそれを見届けたようだった。

「これからパドリーニョとその一団が服を着替えてから、彼の先導で森の女神との絆を結ぶ儀式が始まるらしい」

ナレーシがやって来て私にそう伝えたので、私はそれを待つ間、何をしようかと考えて、傍の大木に記念を残しておこうと『一九九二年六月、ＡＫＩＲＡ』とナイフで彫刻することを思いついた。

するとそこに一匹の蜂が現れてブンブン羽音を高鳴らせて、私を威嚇する。指先に止まろうとするので私は刺されるのではないかと恐怖を覚えて、追い払う。額から流れ出る汗をぬぐい、夢中で大木への記録を完成させようとしていたのだが、しつこく蜂が指先にからんで来るので、今度は無意識に力を込めて蜂を叩いてしまった。

ナイフに当たる鈍い音がして、蜂は大地に打ちのめされて動かなくなった。「しまった」と思った。

殺生してしまった申し訳なさに一瞬手を止め、心で蜂に無意識を詫びたが、手遅れだった。

あまりにも素早い反応に驚いたのだが、その時どこからともなく、蜂の指導者らしい大きな大王のような蜂が私をめがけて飛来して、私の頭に止まったのだ。

ナレーシが「大きな蜂には気をつけろ、命がなくなる」と忠告してくれていたのは、昨日のことだった。今、それが現実となったのだ。

蜂は私の束ねている髪に潜り込んで来て、キンキンと羽音を立てながら威嚇して、ブッブッと低い声で、今にも「刺し殺すぞ——」と怒り声をあげて迫っている。

〈ゴメンナサイ。小さな蜂は木を傷つける私をたしなめていたのでしょう。それに気づかず自分に夢中になって森の皆の事を忘れていました。どうしたらいいのか、もう取り返しがつきません。蜂の冥福を祈り、これからは森のために働きますから今回は猶予を下さい。もう蜂を殺しません。お願いします〉と素直に閻魔大王のような蜂に詫びたが、閻魔の蜂は納まらず、羽音を高鳴らせて、私に金切り声を上げ続ける。

〈あ〜もう絶体絶命だ〉と思った時に〈天に任せます。起ることを受け入れます。私はただ森の木々のように森の仲間として、呼吸を合わせて安らぎます。ジタバタせず、今ここにある自然な存在と成って私を森に捧げます。後はお任せします……〉

そうつぶやいて、深呼吸を一つして目を閉じると、私はもう木のように動かず自然の一部となっていた。時間も忘れて森の呼吸にとけていった。

気がつくと、ナレーシがやって来て「祈りの儀式」が始まると私に告げた。すでに蜂は消え去り、躰中が穏やかになって、許され受け入れられたことを喜び、森と一つになれた「感謝の気持ち」が満ちていた。

ナレーシに促されて私がパドリーニョを囲む円陣のなかに加わると、あのわし鼻で大男の彼が、静かな口調で語り出した。

「われわれは新しい時を迎えた。過去を清算して、われわれの愛と祈りで環境破壊に暴走する古い文明の方向を変えるため、来るべき文明の実践を始める時が来た。真心で働き、愛ある友情を育て合う友を得たことは森の女神の良き采配である。この時AKIRAとの仲間としての絆を育て、十年後の環境会議まで人類の方向転換を実現する取り組みをアマゾンと日本が力を合わせて始めることを願います」と宣言して、さらにこうも付け加えた。

「世界は一つの家族である。兄弟の誰かが助けを求める時、どんなことがあっても家族を守り、絆に生きよう。信頼の絆の尊さが、世界が目覚める原動力である。このことを理解したなら森の命を守る使命を自分の心の真ん中に育てられる。それを共に祈ろう」

そのようにパドリーニョが述べたので、私たちは喜んで「聖餐《せいさん》」を飲んで、お祈りを始めた。今日の祈りは、自分自身の心のままに、各自が地球の聖地に融合して一つになって森からの教えを受け取り、行動するという瞑想のスタイルで催行された。

私はまず蜂を犠牲にした場所に行き、無意識で森の命を殺してしまったことを森の女神に詫びて、森から教えられ、気づいた、目覚めた命を今から生きていきますと誓った。それから少し離れた場所の、蜂が私を諭してくれた場所にも行き、許しを得たことを教訓にして仲間を愛し素早く行動できる、目覚めた心で森の女神の戦士として生きる誓いを立てた。これらの誓いを心に秘めて森に命をあずける気持ちを森の精霊たちに伝え、両手を合わせてから蚊帳の内に潜り、ハンモックに横たわって静かな祈りの心で目を閉じた。森に命をあずけ、父の魂に導かれた想いで眠ろうとしたのだが、その夜は不思議な出来事が相次いで起こった。

（七）

森の聖地での夜の祈りは空も星も湖も、その奥深い命の秘密があらわになって一つにとけ合い、霊妙な真理が働いて、神をたたえる出来事が夜の間中、次々と展開された。

まず、森の愛に抱かれて気持ち良くハンモックに揺られていると、アマゾンでの初回の儀式のときに現れた、黒人の聖者が以前見た人形の姿になった映像で現れて、突然、蚊帳のなかの頭上から私に語りかけてきた。

「ＡＫＩＲＡ、寝るな。俺をよく見ろ」

見つめると、光に照りかえる人形の彼の顔から汗がにじんでいた。

「この世でする人間の努めは働くことだぞ。一生懸命働け。働いて、おまえの愛で周りの仲間を幸せに導け。それから、おまえの仲間に伝えろ。怠けて時間を無駄にするな、人類に与えられた時間はわずかだから、人は誰も自分の十字架を生きることで、人生の務めを果たす宿題を生きていることに目覚めよ！」とのことだった。

「はい」と素直に答え、「時間？」と心でつぶやいた。

「長くてもあと二十年。与えられた時間はそこで終わる。人類は一つの選択をする。方向転換するか、滅亡か！　人間としての真心からの祈りだけが状況を変えられる」

思わず、私は、二千十二年までしかない、マヤ暦のことを脳裏に思いめぐらした。

「アマゾンの森を守る戦士となった今、人類のために霊魂となっても働く用意を整えなさい。一日が一生に値するほどの時間を生きて、アマゾンと反対の地にあるオリエントの『ソドム』の地に生きる人々の破滅を救うのだ。人間としての真実だけを行えと君の国の仲間に伝えてくれ。命とは祈りと共にあるものだと」

「私にそんなことができるでしょうか」

「君が仕事を始めたら、今も愛に生き続けている森の精霊が君を支える。ただし、言葉で理解し合おうとするんじゃない。言葉は真実を伝えられない」

「じゃ、それはどうやって理解し合い、伝えるのですか」

「その方法をすでにお前は知っているだろう。私はおまえに『ハインヤ』を託す。古代から人間が理解し合ってきた方法は、生きる場で、命の真実を見せ合い祈りによってつながるのだ。今の人間は理屈に溺れて本質を見失っている。頭の中は混乱でいっぱいだ」

「そうです。そう思います。皆、錯乱しています」

「もし、人間がそうなら祈れ。皆で祈れ。一人でも祈れ。お前たちのご先祖がしていたように月に祈り自分の光を探せ。森に入り人間としての愛に気づけ。まず自分を一つに統合した光になれ……」

そう言い残して、黒人の聖者の人形は蚊帳の中から消えたのだ。

そこで、月に祈って、自分に矛盾があるかと見届けようとハンモックを降りて蚊帳の外に出ると、月明かりに照らされた岩影が一瞬、私に向かって何か話したように思われた。

何事かと岩山を見ると、湖面にアゴを突き出していた崖が上下に動いて私に語るのだ。

「みんなお前を愛しているんだよ。森のすべてがお前を生み出した愛なんだから……」

躰に響く太い声で本当に岩がしゃべったのだ。

〈今、聞こえたことと見たことを疑うことはできない。自分の眼で見たことだから、それに耳にも聞こえたことだから、それをどう理解したらよいのだろう〉と心に問いかけて、私は感動のあまり、眼前の浅瀬に駆け寄り、岩肌に触れ、そっとさすって命を感じ合った。

岩は、私の知っている冷たく固い岩ではなかった。何億年もの植物の命が堆積して固まって岩になったのだろうか、温かくて柔らかな、植物が固まったような岩だった。指先で岩肌を撫でると、小さな砂岩となった岩がぽろぽろ落ちる。そこのくぼみを手で愛撫して、今起こったことと見たことに答えるように、今度は私が語りかけた。

「あなたも、生きている命なのですね。長い間働いてくれてありがとう、本当にありがとう」

岸辺に突き出た大きな岩肌を手の届くかぎりに何度もこすりながら、生きてくれているだけでありがたいものだと思い、抱きしめ力をこめて愛撫した。岩も私を生んだ地球の命ある神秘なのだと改めて気づくのだった。

「あなたの存在に感謝します。あなたの努力に感謝します。あなたとの出会いが私に目覚めをくれました。あなたへの私の愛も受け取ってください」

そう返答して、手を広げて岩肌を抱きしめ、気持ちを通い合わせると涙が次々にこぼれた。

長く太古から続く変化の時間を静かに我慢強く生きてきた、友をねぎらえる幸せに私の心は歓び、岩ととけ合って、むせび泣けたのだ。

水音がしてふり返ると、口の両側にひげを立てた大きな龍宮ナマズが再び水面に顔を出して笑い、私にウインクして合図を送って来た。

「ああ！　そうだ。皆一つの命なんだね。神の摂理が判ったよ」とその時、アマゾンの森が命の秘密を私に教えてくれたことが判った〈何物も、この世の命あるものすべてが神なのだ。すべてが森の命の分け魂。一つの地球の命を構成している神の化身同士なのだ！　だから、私なんて無いに等しいちっぽけな化身、それも知らず今まで、幻の自分を演じてうぬぼれていただけだった！〉。

満月の月明かりに照らされて、何もかも透きとおって輝いて見える美しい白光の夜に、真理を悟す森の愛を受け取った私だった。

頭上をくちばしが大きく尾っぽの長い白い鳥が旋回して「アァそうだ。アァそうだ」と鳴いて湖面を飛び去った後の夜空には、満天の星が湖面にきらめいて足跡を残し、星々のサインが、点滅して宇宙の真理を伝えていた。

〈初めて人間らしいいぶきで呼吸を味わえた〉と思った。

やがて、素足から冬の寒気が伝わってきたので、岩肌を離れハンモックに戻ろうと水面から足を出したところで、いつの間にか私の後で出来事を見守っていたパドリーニョがタオルを差し出してくれて、それで足を拭くことができた。タオルを返そうと彼を見ると、一瞬ニタッと笑って、

「AKIRA、俺を日本に連れて行け。日本で俺と一緒に仕事を始めようぜ。アマゾンの森からのメッセージを日本に住む人たちに伝えよう」と言ってくれた。

それを聞いて、私はよろこんで「オブリガード」と答えた。彼の申し出に大きな希望ある未来が信じられ、彼の手を固く握りしめて受諾の意思を表明した。

その後で寝床のハンモックに戻って、眠りについたのだが、沢山の神聖な贈りものを心にしまいきれぬ思いで朝まで眠れなかった。

翌朝、ナレーシが私の蚊帳の傍に来て、パドリーニョが呼んでいると伝えた。昨夜のタオルを持って蚊帳を出て、湖面で洗顔を済ませてから、少し奥まった所にある彼の大きなテントを訪ねることにした。

フェルナンドとチコが先に私を出迎えてくれた。昨夜の私とパドリーニョとの気持ちの通い合った合意がすでに側近の彼らにも伝えられていたのだろう。

「先に、私とチコが日本に行って、パドリーニョを迎える準備をしたいのだが、どうだろうか……」とフェルナンドが最初に口をひらいて私に尋ねた。

私は「これから継続的にお互いの交流を進めていくために、一緒に計画をつくろう」とひとまず答えた。

広いテントの中の蚊帳から出てきたパドリーニョが黒人の宣教師である「黒いマスターの遺言」と題された森の神からの伝言を聖歌にした詩を一緒に歌おうと、私の肩に手を掛けて誘ってくれた。

それは次のような意味が歌われているものだった。

太陽と月と星
それらは私たちの愛すべきもの
すべての人のために
命の真理を解き明かしている
人間の平和は少なく波乱は多い

女神は悠久の時の彼方から森を照らす光
すべての命が輝く愛の世界を創れと命じている
女神の望みは一つになって創造主の愛を生きること

この歌を私が覚えられるまで何度も歌ってくれた後で、彼が座っている椅子に私を座らせて、こう言った。

「この椅子はシート・オブ・シャイニングと呼び伝えられている椅子だ。太陽を守る、騎士だけが座る椅子なんだ。これからAKIRAはどこに居ても森の神の使い、森の女神ジュラミダンの騎士だ。俺たちの仲間だぞ！」と言って、私の手を取り祝福の口づけを手の甲にしてくれた。

「今日からAKIRAもシャーマンだ。森に生きる者の魂の代弁者として、共に生きる命だ。その命を神に捧げた者だから、これからは苦難を乗り越えて、皆を幸せに導く使命を生きていかれる君に、祝福を送ります」と突然両手を上げ、手のひらを上に向けて《天高くあるジュラミダンに通じる霊界の扉よ、今開け！》と大声を上げて天と地をつなげた後に、《あなたの使者として伝導の旅を始める者たちは、うるわしき湖の野辺で今、永遠の愛を胸に刻みました。皆がたどり着けるように導いてください。愛と正義と真実と調和の道に栄光あらんことを！》と天に私を祈ってくれたのだ。

このように、仲間としての祝福が授けられて、彼が右手を差し出し、私がそれを再び握り返すと、フェルナンドもチコも居合わせた人たちが手を重ね合い「ＶＩＶＡ！」の掛け声で腕は一斉に宙を舞い、歓声は森に響き天に届いた。これで同志としての誓いが成立したのだった。

パドリーニョとはシャーマンの教師。アマゾンに居る一千人のシャーマンたちを束ねるスピリチャルラインの指導者だ。そしてシャーマンとは彼から薬草の智恵を伝授され、祈りの行法を覚え、地域や村の人々をあらゆる苦痛から救う人。私も、千人と一人目のシャーマンとなって彼に連れられて午後から薬草づくりの「聖なる場所」へ案内してもらえることが決まったようだった。

蚊帳とハンモックをたたみ、身の回りの荷物の整理を終えると、全員で湖のほとりで円陣を組んだ。

パドリーニョがＴシャツに天然ゴムで造られた皮のようなチョッキを着つけ、やはりラテックスのハンチング帽をかぶってジーパンをはいた都会風の姿で円陣の中央に現れ、両手を広げて天に向かい、森のすべての命に届く声で誓いの祈りを捧げた。

古くインカの時代から続く、女神を守る騎士としての私たちの使命が果たせるように、それぞれが女神をたたえる言葉を静かに天に伝えてから、腕を突き上げて、「VIVA！」の歓声を上げるのだ。

女神との「絆の祈り」を交わしてから、私たちはパドリーニョと共に、けものみちを来た道を反対方向に行進して対岸に向かい、「小さな伝導船」の待ち受ける入江に向け、再び列を整えて歩いた。海賊船は今日から伝導船になったと確信が私のなかで湧いた。

「泳いで船に渡ろうか？」と私を横目に見て言うパドリーニョにうなずいて、荷物を置いてすぐ飛び込む私だった。

河の流れは表面のたゆたゆと流れる静けさとは裏腹に、水の中の流れは意外に速く、冷たかった。泳いでも泳いでも、流れに押し返されて、船から離され、流されそうだった。渾身の力を込め、あらん限りの精神力でやっと「伝導船」の錨まで泳ぎきり、そこにしがみついた。息切れがして苦しかったが、泳ぎきれた満足感に浸っていた。

見上げるとパドリーニョが笑って手を差し出し、私を船の先端から、ものすごい腕の力で引き上げてくれた。

「おまえはアマゾンの戦士の勇気を充分に示した。時代に流されず、それを動かす男だ」

そうつぶやいて再び握手を求め、新しき出発の門出を祝福してくれた。

「この次は日本の海で一緒に泳ぎましょう。その時、東洋の国の人々にもあなたの祝福をしてください」とお願いした。すると彼が、

「何人分の聖餐《せいさん》を日本に持っていく用意をすればよいのかい？　君の友達は何人だ？」

と尋ねるので、

「まず、二百人分ほどあれば……」とこたえると、

「日本での式典や祈りで使用する『聖餐《せいさん》』を準備する仕事を、今日から一緒に始めよう」と同意を求められた。

それがどれ位の期間を要する準備なのかも私は判らなかったが、ハインヤは事前に計画を立て、薬草を採取して、伝承の工程を繰り返して「神様のお茶」として、目的をもった儀式によってつくられるものだった。

「小さな伝導船」が動き始め、われわれは聞き取り調査を続ける仲間の船と別れて、

フェイチュー場と呼ばれる「聖なる仕事場」へ向かうことになった。

その場所は、さらに半日程、伝導船で北上を続けた密林の入江の丘に建てられた場所だった。


そこは土俵のように盛り土された場所に屋根をかぶせ、柱は二メートル間隔に横十六メートル縦八メートル程の大きさで造作され、それを囲むように横木と綱で結界された仕事場だった。

出入り口の一カ所だけが開け放たれ、そこから材料となる薬用植物が運び込まれ、そこで汚れが落とされるようだった。その掃き清められた、男だけが入ることを許されている土間の隣に、大きな切り株を台座にして、木槌で植物の繊維を打ち砕く作業場があり、床には麻の敷物が敷きつめられ、神の素材に泥がつかないように施されているのを私は見た。

森から集めて来られた植物がここで打ち砕かれ、祈りのなかで火と水の洗礼を受けて「神」が生まれる神聖な仕事場のようであった。

太く硬い蔓科の植物の繊維をほぐすため、木槌を振り下ろし砕き続けると、慣れないやわな手は擦れて血だらけになる。肩は痛み、脇の筋肉が引きつれる。血が聖餐《せいさん》の材料にかからないように大きな手袋をはめるが、聖歌を歌いながら皆で一斉に同じタイミングで振り下ろし続けるこの作業は耐え難い。それは打ち手に神が宿らないと続けられない作業だった。この作業を三時間続けてインディオは一人前の男として扱われ、存在を認められるのだ。

次に縦にL字型に隣接した火炎の作業場があり、焼き物に使うようなのぼり窯の天井を四カ所くり抜いて、直径二メートル間隔に、釜床が造られている。

その釜床に、二〇〇リットルの若水が注がれた鉄の大鍋が置かれて、煮炊きされるのだが、若水が注がれるその前に二種類の薬草が三対一の割合で、サンドイッチ状に積み上げられて、釜のなかに並べられるのだ。

例の「砧の神事」によって砕かれた太い蔓の繊維と、女神の光を宿す葉といわれる椿の葉のようなものを一枚一枚、処女の手で揉んで掃除したものが並べられる。

ほんの少しでもカビやほこりがついていても許されるものではない。この作業も乙女たちが三時間聖歌を唱いながら作務を行うことが、坐女の日課となっている。私は坐女作業以外のすべての「神生みの儀式」を体験したが、どれも一度始めたら途中で止められない命がけの作業であった。

最初の一日は太い蔓の掃除だったが、特にくびれの内にある細かい汚れを落とすため、枝や小手や楊枝のような小道具を使い、それを使って一日中、真っ黒になって汚れ落としの作務を体験した。翌日の砧の神事では腕が上がらなくなり涙を流しながら三時間の信念の作務をやり通した。手のひらは豆がつぶれ、血だらけになった。

その次の日からは作業場の下を流れる小川の源流となっている小さな泉に二〇〇リットルの若水を四回くみに行き、それを取手に付けられた紐に天秤棒を通してナレーシと二人で担ぎ四往復した。夕方には足腰が震えて動かなくなった。

四日目になって火焔の作業に移ったが、午前と午後にそれぞれ二回ずつ炎天下で薪を割り、窯の炊き口に火力が下火にならぬように薪を投げ入れた。一〇〇〇度もあろう炎が足元に吹き出してきて、雑念を焼き焦がすのだった。

五日目は煮炊き場での作業に回り、「聖なる調理場」で大釜の前に仁王立ちになり煮えたぎる神の湯気を被りながら、おごそかに湧き立つ熱気を長い杖で抑えて、万遍なく神の品格が抽出されるように気を配った。神聖さが整った頃、二時間程煮炊きされた熱い大釜に天秤棒を通して火吹き口から担いで取り出し、流し口に押し上げ、台のうえに一旦固定させた後、手袋を使ってひっくり返して「神様のお茶」がクリ抜かれた丸太の溝を伝って流れ出るのを空釜で受けて冷やすのだ。高温の釜を二人で持ち上げるバランスがとても難しかった。

どの作業も全身全霊で成就を祈り神通力を得るように、すべての作業がイナリオを歌う聖歌隊に見守られて伝承どおり進められていた。イナリオとは天から受け取る聖歌のこと。歌の音霊で森の女神と同化する意識に神通力が宿るのだった。

代々のシャーマンの指導者が森の女神から受け取る啓示と伝承作業と作務を行う者との祈りが和合する儀式のなかで「神様のお茶」は神秘の味わいを深めてつくられていた。

どの作業工程においても、一瞬でも気をぬくと大事故につながる危険な作業なので、神の許しがないと成就しない。それらは「森の戦士」の作務にふさわしく、精霊たちに導かれ、支えられた祈りの実践だと思えた。

こうして世に生まれ出た植物の「神」に、再び真新しいそれらの植物が加えられ、さらに半分になるまで、もう二時間煮込まれて「森の神」の姿が整えられていく。

今回は五日間かけて最終的に二〇〇リットルの「聖餐《せいさん》」がつくられ成就したのだが、

それらをプルース河沿岸にある九カ所のお祈りの場所に届け、日本での伝導の成功を祈るシャーマンたちにも分配されることになった。一カ所約二〇リットルで、これでわれわれにも二百人分の目覚めに働きかける「神」が日本に初めてもたらされる運びとなった。

この五日間、作業を終えた者は、伝道船に戻り食事と仮眠を取りながら、神聖な作業を無報酬で支えてくれた。一緒にアマゾンの森を守るプロジェクトの進捗を見守る思いで協力してくれたのだろう。彼らの真心を大切に受けとめ、日本でそれを役立てられる仕事をすることを自分自身に誓うのだった。

六日目の朝が来て、やっと「神様のお茶」を荷造りして、小鳥たちのさえずりに送られ、森のフェイチュー場を後にすることになった。すっかり準備を整えた午後、パドリーニョがささやかな送別会を催してくれた。

小高い丘に建てられたフェイチュー場のすぐ下に泉の湧く小川が流れていて、幅一メートル程の小川沿いに、水浴場があり、地道は渡り廊下で階下に竈《かまど》のある賄い場へと続いていた。

その廊下の階段を降り、木造の扉を開けると、土間の切り株に腰かけて十名程、パドリーニョの一団がすでに待ち構えていた。彼らの前には大きなテーブルが置かれ、さながら「最後の晩餐」という風景だった。

私とナレーシが促されてパドリーニョの隣の席に着くと、ガラナ飲料が注がれて「VIVA！」の乾杯が行われた。

「AKIRAがフェイチューをやり通した最初の日本人だ。なかなかここまでできるものはいない立派な仕事だった。皆でそれをお祝いしたい。これからその使命に誇りを持ってアマゾンと地球のために働き合おう」と励ましの言葉をパドリーニョから頂いた後、テーブルにタルタルーガ亀のスープと、しびれ薬で射止めたらしい電気ウナギの炒めもの、それにファリーニャの掛かったライスが運ばれた。ファリーニャはイエマンジャの女将《おかみ》が教えてくれた高血圧に良いタロイモの乾燥粉で、これらはどれも人間に力強さをくれる食べものだった。

「おかげで日本へ持ち帰る『神様のお茶』が完成してうれしいです」

私が彼らに感謝して歓びを伝える挨拶をした。

「これから一旦、日本に帰り、アマゾンの森を守るメンバーを募り、後日再びアマゾンに来て環境調査は続けます。それまでは皆さんに日本に来てもらい、直接アマゾンからのメッセージを日本で伝えてください。目覚めの儀式もパドリーニョを迎えて実現させたいです。今から準備を始め、成就を祈ります」と別れの挨拶を締めくくった。

「このあたりのジャングルはアマゾンといってもアンデスの吹き降ろしの風が吹き、陽が落ちると寒いので、亀のスープやウナギが躰の芯を温めて健康を回復させる。伝統的な冬の御馳走をしっかり食べてアマゾンのために働く元気を持ち帰ってください」と労がねぎらわれた。

それから間もなく、私たちは食事の後で夜が訪れる前に伝導船に戻れるように「騎士の宴」を閉会して、チコの案内で各五リットルのポリ容器に密封された「神」を抱えて、私とフェルナンドとナレーシの四人は伝導船に帰る道を急いだ。

これからの日程は、まず私が先に帰国して、一週間後に来日するチコとフェルナンドとで日本にパドリーニョを迎えるための準備を整え、環境サミットの決議を具体化する行動を起こす予定だ。

そのための、あれこれの計画を話し合った後で、それに必要な費用は天然ゴムや森の各種樹液を販売する資源活用でまかなうことを「小さな伝導船」に戻ってからの屋根の上の船上会談で、私とパドリーニョが合意して「アマゾンの森を守る行動計画の合意書」として、二人は交換文に署名した。その際、森の産物を売買するフェアトレードについても、裏も表もないオープンな仕組みで理解者を増やす展開を実現したいものだと思った。

文章を交換するとき、パドリーニョが私への贈りものとして、さらに五リットルの容器に入った「神様のお茶」を贈呈してくれたので、わがグリーンハートのアメリカ代表のラズベリー女史が私にくれた金の地球型のバッジを彼の胸につけて返礼とした。互いに固い握手を交わして、再会を約束し合って別れの儀式を終了した。

それからしばらくの時間、私はアマゾンで学んだ多くのことを振り返り、シート・オブ・シャイニングの椅子にもたれて思案げにひとりたたずんでいた。

今から約五百年前、ヨーロッパの人たちがアメリカ大陸を発見したとき、そこにある文明との接触が始まったが、彼らの関心は黄金で満たされることで、人間の文明の本当の価値には興味を示さず、その文明を可能にした熱帯雨林の祈りの文化にも理解は及ばなかった。

偉大な南米文化の秘宝としてのスピリチャルプラントの存在が隠され続けたのだ。今、生命にエネルギーを与える植物の力の存在を知らせ、植物との共存による、来たるべき文明の必要を明かす時がきた。アマゾンの密林からオリエントの東のモダン・ワールドに真実が伝えられる時が訪れたのだ。ハインヤの存在と、その活用によって一部の人間の欲望のための虚偽と歪曲の歴史が正されていくプロジェクトが、期せずして私の愛する国、日本で始められる取り組みが計画されたのだ。

アマゾンに来てみて、今さらながら、人間は病院で生まれてくる生命ではなく、森や大地の大自然から生まれてくるのが生命だと強く実感した。熱帯雨林のジャングル体験がそれを教えてくれたのだ。私たちの森を崩し、アスファルトで固めて大地を造り変えて陥没を引き起こし、宇宙の果てまで空を汚し、海や河の健康を奪い去り、欲望がすべてを殺し、破壊するまで待つしかない。そんな人類社会に転換をもたらすのは人間精神の異常を人間自身が気づくための、この森に隠されていた植物のメッセージ以外に有り得ないことを私は今、強く実感していた。

今ほど、地球上において植物と人間との相互の理解が必要な時代はない。森から生まれ森に受け継がれている熱帯雨林の歴史に秘められた生命力で、現代に生きる人間の英智をあふれさせ、大地の子孫としての人間性が再びよみがえることが可能だ。人間社会において自然と共存できる文明を再建することこそ、私たちに課せられた使命だと思えた。人間は歴史から学ばなければならない。

環境サミットから始められたアマゾンの調査活動は、これからは専門家のチームを創設して進めていこう。私は先鞭をつけ、道を示せたことで充分に幸せだといえる。

これからはアマゾンに伝わる伝承療法やシャーマンの文化を学び、人間本来の魂が自然に守られ、支えられて生きる人々の手助けができれば私の役目も果たせるのだろう……。

私は「小さな伝導船」の屋上で、インカの太陽が彫刻された騎士の椅子に腰を下ろして考えた。日本に帰国して、新しい今後の活動をどのように準備するか、そこでの自分の役割を瞑想した。

明朝にはセバスチャン農場から、エンジン付きカヌーに乗り換えて、「アクレのくちばし」に戻り、あの銃撃戦のあったリオ・ブランコからマナウス経由で、二日間で日本に戻る最短ルートでの帰国を実現するための心の用意を整えていた。

暮れなずむ夕暮れ時のブルース河を航行する船の屋根の上から、色鮮やかな黄昏の空を見上げて妻に何と同意を求めようか、仕事仲間に何をどう伝えようかと思案を続け、故郷に想いをめぐらせた。

今日が「小さな伝導船」での最後の船旅だと思うと、懐かしい気持ちが湧き上がり、周りの景色を忘れずに、しっかり目に焼き付けておこうと、あたりを見回した。

すると、後方から大きな日の丸の太陽が私を見送ってくれていた。ジャングルの中から太陽が顔を出していた。その燃える太陽に向かって抱きしめる思いで両手を広げて、私は天に向かって私の気持ちを伝えた。

「ありがとう。また来るよ。ミッションを成功させてから今度は大勢で来るから、よろしく」と森の太陽に決意を聞かせるように大声で叫んだ。

アマゾンで出合った多くの温かい心に触れた思い出を瞬時にふり返り、

「ありがとう。たくさんのことを私に教えてくれた人々よ。大自然の命よ、太陽よ。私に人生で最高の価値あるものを与えてくれた森の精霊よ、優しい人々よ。本当にありがとう」

今まさに沈む太陽に手を合わせて、河岸の木々に、鳥たちに、森のすべての生きものに敬意を捧げて別れを告げたのだった。

と、その時、森が騒がしくなり始め、木立が右に左に揺れて多くの木々が葉音を立て始めた。彼らも別れを惜しんで私を見送ってくれているのだと気づいた。その森に、木霊《こだま》する木々のざわめく歓声と、航行する河角にそびえる岩肌が、口を開いて別れを惜しんで私を見送る言葉が、次々とそのとき聞こえた。

「生涯をこの使命と共に生きておくれ。人間の真実が地球を動かす時代の実現を祈っているよ。これからは、た・す・け・あ・つ・て・一・つ・に・な・つ・て生きる友達だよー」と風が森の言葉を運んできたのだ。

心にしみる森の声が風に舞って心に響きわたり、私を涙せずにおかなかった。

（八）

いったい私はどこから来てどこに行くのだろうか。太陽の燃えるエネルギーで走る帆船に乗って、金色に輝く光の惑星に旅していたようなのだ。

ハインヤの臭いのする雲に覆われた灼熱の惑星から高速度回転しながら燃え盛り、落下していく私の躰。後方から猛スピードで私を追いかけて来る小さな光る物体が、衝突して爆発した。

深い闇のなかに落下していく私。

誰かが暗闇の底で私をじっと見ている気配がした。

「お前は誰だ」と叫ぶと、

「お前こそ誰だ。お前は人間か。信念を曲げず人生を送れる人間だというのか？」

「なぜ、そんなことを聞く？」と私が言うと、

「もし、お前が本当の人間なら注意深く、そっと歩いて、こちら側に来い」という声

に引き込まれて躰を動かそうとするのだが、再びぐるぐる回って、下に沈んでどこかさらに深い暗闇に吸い込まれていった。

肉体の機能がバラバラになって、もはや動けずに手術台に横たわる私を、ギラッとした眼光が疑視していた。

「お前という人間のしてきたことは苦しむだけの人生だったのだろう。今度こそ、幸せな足跡を残せるように生きろよ……」

と私に言うので、声の方を見ると二個だった眼光が四個になって、ぐるぐる回って二個と二個に分かれて私の両側で私をはさんで何かし始めた。

今まで見たこともないきれいな水色の光に覆われた、光る物体が私の頭蓋骨をつかんで揺すぶった。

ハインヤの蒸れた強烈な臭いが鼻をついて充満するのだ。彼らは私の頭部に穴をあけ、内部にある何かを取り出したようだ。

長々と伸びた、老いたしわだらけの醜いものを捉えて引き出し、それを元の位置に納めながら銀白色の空気を吹きかけ、細く光る手を滑らせた。

頭の芯がぐらついて意識が遠のき、躰が熱くなり汗が吹き出した。

もう一方の蒼い閃光を放つ丸い光の物体は、私の肛門から腸を引っ張り出す。見にくい鉤《かぎ》ようなものが浮かんでいて、それを上手に使い、腸に穴を開け、中から血の塊をいくつか取り出したのか、レバーのような血の塊が床に捨てられた。さらにもう一方の光の物体は、開いて切った傷跡に細い光の手をかざし、私の内臓を元の位置に戻し、意図したことのすべてを終わらせたようだった。

「お前たちは何者なんだ」という私の詰問に、「心霊医術団ＯＧＵＮ」と、確かに彼らは答えたようだった。

これらの出来事を肉体から離れて見ていた私の意識体が、彼らに感謝して修復された肉体に戻ることができた。

私は遠い探求の旅の終着駅に着いたような、安堵感がみなぎるのを感じて目を覚ました。

そこは病院のベッドの上だった。

妻や子どもたちが私の傍で涙を流して私を呼んでいたが、意識を取り戻した私を見て、どの表情にも温かいものが輝いていた。

「父さんは死んでも死なん人や」

子どもたちの元気な声が聞こえた。

帰国後、家族との再会を果たしたのもつかの間だった。環境サミットの報告会に行こうと、車を運転して家を出て間もなく、後方から来たダンプカーに追突されて意識を失った。

信号待ちしていたのは覚えているが、他の状況は意識がぼんやりとしていて思い出せない……。たまたま、シートベルトもしていなかったし、頭を強打したようで、救急車で病院に運ばれた時には、すでに昏睡状態となって意識は不明で遠くをさまよっていた。しかし、暗く遠い見知らぬ世界で出合った青い光の軌跡が、私をこの世へ連れ戻してくれたようだ。

信号待ちしていた私の愛車に、後方からブレーキも踏まずに当たってきたダンプカーを運転していたのは、中国から来ていたアルバイトの青年らしい。車の頑丈なシャフトが曲がるほどの衝撃だったと医者から聞かされたが、雇い主が保険会社任せにすることを指図したのか、彼が見舞いに来ることはなかった。

病院の医者から、仮に意識が戻っても、元には戻らないと告げられていた家族だったが、奇跡的に回復した私を見て、皆が喜んで涙していた。意識は戻ったが、肉体にはまだ鈍痛があって自由に肢体を動かせないでいた。生きて話せる分だけ、もうけものだと医者は妻に言ったそうだが、事故の日から、すでに四日がたっていた。

ただベッドに横たわり、あれこれ思いながら、私の事故を早くアマゾンの伝道師たちに知らせ、彼らの出発を遅らせるよう依頼しようと思ったが、指折り数えると、どうも昨日アマゾンを出発していたようだった。

その日の夜、私との約束に従ってブラジルを出発した彼らからメールが届いた。到着便を知らせるヨーロッパからの知らせだと思って、妻に代読してもらうと、私の予想に反して次のような内容が書かれていた。

「AKIRAとの約束で日本に行くため、出発したが、スペインの空港にて検閲。空港で待ち受けていた者たちは、事前に私たちがどういう人間で何をしようとしていたか詮索していて、そして重大なことにわれわれがハインヤを所持していることを知っていて、それを奪う事件が発生した。われわれはこの事件が解決するまで、日本に行けそうにない。われわれは拘束された。君の招待を果たせない。早く自由の身になりミッションを果たせるように力を貸してほしい。東洋の友達へ、フェルナンドとチコより」

私の意識はぐらりと揺れた。

思考能力は停止してしまい、冷静に対応策を思いめぐらせず、頭は熱くなるばかり。何せ私も事故に見舞われた直後の頭なので冷や汗が出て、首も動かなくなるばかりだった。

妻に、ハインヤをコップに半分ほど注いでもらい、それを飲んで神頼みで眠りにつこうとした。

私はまだ動ける躰ではない。彼らも拘束されて動けない。時間を無為に過ごしてはならない。どうすればよいのだろう。どのようにしたら彼らを救い出せるのだろう。さまざまな想いが意識をかけめぐり、私に何ができるかを身動きできない躰で必死に、天からの答えを求める私だった。

何が最善か判断がつかず、私がスペインに出向かなければ展望が開けないだろう。まずはスペインで権威ある弁護士の手配から始めようと思った。

事実関係と今後の展望もその弁護士から知らせてもらおう。それからスペインで環境会議に出席していたホゼ・マリアに問題解決のため最大限の協力を要請しよう。

そして、「アマゾンの光の総合センター総裁」でもあるパドリーニョに、大統領への協力要請とブラジル大統領からスペイン大統領へ事態解決の要請、さらにフェルナンドとチコの家族から地区を統括する司教を通じてバチカンへと迅速な要請行動を広げ、アマゾンのシャーマニズムの伝統文化、伝承療法を守る取り組みを、環境会議を運営したブラジル事務局にも要請しようと思いついた。

病院のベッドで動けずに眠れぬ夜を過ごした私は、深夜に妻を起こし、ある人物に電話をかけてもらい、国連環境計画の首脳に接触して、事態収拾と助言を頼んだ。

翌朝、協力を頼んだ友人から、すばやい回答がメールで届いていた。

「麻薬事件として嫌疑をかけられているが、何かの間違いで文化交流が誤解を受けたと思われる。釈放を働きかけるが、長期化するなら、治療行為をしているシャーマンたちに世界中からインカの帝都、マチュピチュに集合してもらい、国連環境計画と共催で伝承療法を守る先住民族会議を開催して、先住民の権利を守れと決議してはどうか。しばらく推移を見てから、次の行動を考えよう」とのメッセージであった。

マドリードのホゼ・マリアからは、事件を大々的に報じる現地の新聞の写しがFAXされてきた。それによると、「シャーマンの行先は伝導か？　投獄か？」の見出しが一面を飾り、もはやこの事件が、私との個人的な範囲を越えて千名のシャーマンの伝統と存在を国家が認めるのか抹殺するのかの論争のようになっていた。

そして、その記事に添付された写真には、ハインヤの密封容器の宛名に書かれた、「ＡＫＩＲＡ」の文字が判別できる大きさで写し出されていた。その写真を見て、早期の正しい解決をはからないと、この事件は世界中で誤解を広げ、さらに取り返しのつかない事態に発展すると危惧した。

そこで私は、妻は反対するだろうが、自分でも不思議なほどの勇気を持って、ある決断を下した。あらゆる障害を乗り越えて、可能な限り早急にスペインに飛んでいき、私自身が直接、問題解決にあたるという命がけの決断だった。

聖なる湖での誓いを、今ここで示せる機会なので、あと先のことは考えず、日本人としての誇りにかけて、たとえ生きて戻れぬともスペインへ向け旅立つ準備をしようと心に決めたのだった。

まず、私の三人の息子たちを病室に呼んで事件を説明し、それぞれの息子に役割を与えた。一番下の息子には、アマゾンでもらった天使の油を家から持ってこさせ、私の躰全体に塗らせた。陥没した頭の骨が少し動いて痛みが走った。このまま逝ってしまいそうな気分にも襲われたが、仲間を助け出すまでの不屈の力を神に祈った。自分の全身全霊に「しぶとさ」を得て事態解決まで持ちこたえられるように天に祈った。〈もし、私が逝く運命にあるとしたら、仲間を助け出すまで私に時間を下さい。家族がやっていけるように準備を整える時間も同時にお与えください〉と必死に祈った。

シャーマン・テテオと一緒に聞き取り調査したときにもらったオイルは、あれ以来、蚊にも刺されなかったばかりか、痛みも消し去っていた。私はあのオイルの力を信じる。もしこれで痛みが軽減するなら、現実としてスペインにも行ける可能性が出てくるだろう、と思われた。

次に、次男を呼んだ。次男は利発で機転の利く子だったので、彼にスペイン行きの飛行予定を空港会社別に全部調べさせ、予約の一番少ない直行便を選ぶ作業を依頼した。飛行時間の一番少ない便も調べさせて、私が搭乗する便をリストアップさせた。

最年長の長男は、愛情豊かで強靭な心の持ち主だったので、妻の助けとなって私の帰国まで、母親を助けて一日も彼女の傍を離れないことを誓わせた。

こうして次の日の朝を迎えると、驚いたことに躰の痛みは軽減していて、幸いにも少し動けそうな自信が湧いてきた。そこで、その日から病院を退院してスペインに行く準備を試みたが、病院側は認めなかったので、医者を怒らせたまま強行退院することにした。難しかったのは保険交渉で、今後一切の治療費の負担に応じないと、保険会社が支払い義務を拒否するという。そこで、それらのことは弁護士に一任して、私は出発準備に具体的に取りかかった。

妻は、家族第一に考えてくれと頼むのだが、私に宿った使命を果たさせてくれと、私の方から頭を下げて何度も頼んだ。最終的に私の生命保険を解約して、スペインでの弁護士費用やその他の必要資金を確保したが、突然に降って湧いたような予期もしない事故や友人の災難に直面してみて、人生の不確かさの中で、それに屈せぬ意志の力と、ここぞと思う時の決断力の大切さを学ぶ貴重な体験となった。

次男に、イベリア航空のチケットを買わせたのは、事故から意識が戻って三日目に病院を退院したその次の日だった。さらに、その翌日の便でマドリードに向け、電撃的な使命の、やむにやまれぬ旅の出発を決行する前夜、私たち家族は食卓を囲んで久々のだんらんを持った。

皆、何を語ってよいか、心苦しい雰囲気に囲まれていたが、一番下の息子がアマゾンの油で本当に痛みが取れ、頭の陥没が接着できるのかを私に尋ねた。

「父さん。頭は大丈夫ねん？　もし、それで本当に父さんが治ったら俺、アマゾンの薬売りになるわ」と言ったのを機に座が和んだ。次男は私にスペイン語の会話が飛び出す電子辞書を渡してくれ、長男は「父さんが帰るまで、母さんの傍を離れないから、仲間との約束を果たしてから帰って来て」と励ましてくれた。

妻とはその夜、久々に寝床を共にしたが、私を気遣ってくれていたのか、体中にアマゾンの油を塗ってくれただけで、何も言わず部屋を出て、私の旅立ちに必要な身の回りの品々を夜遅くまで荷作りしてくれた。

その夜はいつの間にか眠ってしまった。目覚めると、私の肩にそっと手を置き、添い寝している妻がいた。下町育ちの彼女は、明るくて我慢強い、芯のしっかりした女性だ。

「あなたは、私の希望なのよ。それを忘れないでね」と私の耳元でささやいて、出発の日の朝、妻は私を家から送り出してくれた。

玄関を出て、近所の仲間が用意してくれたセダンに乗り込む前に、妻とは再び抱擁を交わしたが、

「あなたの居ない毎日はさみしいけれど、私はちゃんと祈っているから、どんなこと

があっても自分の心に正直に行動してね。そして無事に必ず帰って来てね」

ほほ笑んで、手を握って、そう言って見送ってくれた。

痛みに堪えて、ゆっくりと後部座席に座った私は、家族の心が一つになって送り出してくれたことに人生の幸福を感じていた。けがや不運に見舞われても人ごとにせず、世間に打ち負かされることもなく押し返せる家族の絆がうれしかった。

今、この世で生きている幸せに感謝する思いが急にあふれてきて、身震いした。予測のつかない新しい挑戦の旅に出発する、勇気を授けられた思いのする身震いだった。

人間の魂が汚されることなく正直である愛は、理解し合う者同士の揺るがない信頼を胸に宿しているものだが、私は今、その信頼を胸に必死の痛みに耐えて、スペインに赴くことにした。

（九）

大理石の階段を昇った右手の部屋の赤いベルベットの長椅子に腰かけて、証人としての順番を待つ間、起こっている出来事のすべてが、ドラマのリハーサルか何かでリアリティーのないものであってほしいと願っていたのだった。しかし、それもむなしく法廷の扉が開いた。

口ひげの法学博士である弁護士が、国際法廷の「鉄の女」と異名をとる裁判長に私を紹介して、私の宣誓証言を求めた。

「右手を上げて、左手を聖書に」と、白髪交じりの痩せた中年女性が黒い法衣を着た姿で、背筋を伸ばして言った。

「私に続いて宣誓してください」とメガネの縁を少し押し上げてから私をうながすので、私は真顔になって、法廷の椅子から立ち上がり従った。

「真実以外は述べません」

と胸に秘めた真剣な思いを伝えた。それから官吏が差し出した聖書に左手を置いて、声を大にして宣誓した。

「ミスターＡＫＩＲＡ」と裁判長が私の名を呼んだ。「あなたと被告人であるフェルナンド・リベイロとチコ・コヘンテの関係はどういう間柄ですか？」と問われたので
「ベスト・フレンドです」と私は答えた。

「被告人は、アマゾンのシークレットメディスンと呼ばれているハインヤなるものを日本に持ち込んで何をするつもりでしたか？　その計画に、あなたも加わっていましたか？」

　ここで弁護士のドクトル・カコが、

「ＡＫＩＲＡさん、あなたが彼らの計画に加わっていたかどうかは、答えなくてもよい質問ですから」と口をはさんだ。

　すると、「鉄の女」の裁判長が、

「どういう理由であなたは二人のシャーマンを日本に招待したのですか？」

と質問を変えて尋ねてきたので、私はあたりを見回し、公判非公開のため、傍聴人はまばらだが、大勢の前で証言しているかのように胸を張って、迷いのない声で、は

っきりと言った。

「ヨーロピアンのあなた方がこの世に生まれ来るとき、神の祝福を乞い願います。そして、この世を去るときにも神の加護を求めるでしょう。しかし、その間の人生に祈りを忘れている人たちが大勢います。その人たちにも、神の祝福と共にあることを思い出す時が必要です。私は一緒にお祈りがしたいと思って計画しました。そして植物も動物もすべての命が尊い存在であることを一人でも多くの人に気づいてもらい、人類が幸せな存在として、この世にあることを願って、広く世界にこのお祈りを伝えようとしたのです」と、一言ずつ丁寧に、下手な英語でも臆する事なく女性裁判長を真っすぐに見つめて述べたのだった。

「続けてください」と言われたので、再びその思いの先にある考えを言葉にして語った。

「多くの人が、他人のために真剣に祈ることを忘れた現代の社会に、アマゾンにはまだ真心からの祈りがあります。それによって、自然を敬う先人の心に触れてもらえる機会をつくりたいと思ったのです」と告げ、このムーブメントは、環境サミットでのリオデジャネイロ宣言の具体化のための実践行動として私は実行しています。と付け加えて話を終えた。

「事情は判りました。はるばる遠い旅をして説明に来てくださり、感謝します」

と謝辞で結ばれた私の宣誓証言はあっけなく、簡単に終わった思いだった。

裁判所を出る時、マスコミの記者たちを避けるため、裏口からワゴン車で弁護士と一緒に市内にある彼の事務所に向かい、打ち合わせをする予定でいたが、途中、フェルナンドやチコと法廷で会えなかったので、彼らと面会できるように弁護士のカコに頼むと、「接見禁止令が出ているので、今日のところは諦めてください」とのことだった。それなら、私も今日は入国当日でもあり、明日に改めて、弁護士との今後の打ち合わせをした方がよいと思った。そこで、ドクトルを彼の事務所に送った後、ホゼ・マリアが用意してくれたホテルに直行して、一刻も早くベッドに横になりたいと思った。

市内に建つホテルなのだが、都会の喧騒《けんそう》から離れるため、プラタナスの並木道を抜けた田園風景のある日当りの良い田舎造りの平屋のホテルにチェック・インした。大きなガラス扉をあけると、花壇のある庭に面した広い部屋に入室した。

緊張からか、躰の全身が痛み、到着して間もなくベッドに倒れ込むように伏して、何もせず眠りについた。

夜になって、誰かがドアをノックした。真夜中らしき時間だったが、私の部屋をノックする者がいたのだ。誰だろうと無理やりに躰を起こし、寝ぼけ顔でドアを開くと、見知らぬ無精ヒゲの男が立っていた。

いきなり握手を彼が求めてきて、自分はシャーマンの理解者でマドリード新聞のジャーナリストだという。別段、危険を感じさせるようでもないので、部屋に招き入れて隅のソファに座らせた。

「君をインタビューしたい」と彼が言う。

こんな真夜中に、と不満そうに答えると、深夜に非礼だが、今、どうしても協力してほしいと言う。

なぜか尋ねると、

「朝刊の新聞でミスターの来訪と事件の続報が記事になる。今日の午前に裁判所の前でミスターの到着を知ったが、その後取材しようと待っていたが会えなかった。マドリードのホテルに電話して探して見つけ出したのが、今になった」と言う。

そして、自分はシャーマンの主張に共感する者で、私のインタビューを載せて記事の意味合いを深めたいとのことだった。そこで、私の体調不良も彼に伝え、短時間の取材ならと応答した。「朝刊の記事にするには、あと一時間がタイムリミット」とのことなので、すぐに始めて短時間で終わるようにしてもらった。

私はベッドで壁に背中をもたれて取材に応じることにした。

まず、「近年、子が親を、妻が夫を裏切る実利的な社会で、どうして事件の渦中に、わざわざ事故に遭った身で飛び込んできたのか」と質問されたので、

「君がアマゾンの人たちを理解するが故に、深夜に私の部屋を訪ねて来るのと同じ理由だろうね」と答えると、質問には素直に的確に答えてほしいと懇願するので了解して、まず私が素直に語り出すことにした。

「彼らは今、人類の未来、シャーマニズムの将来を背負って獄中に囚《とら》われているのだ」と伝えて、

「一部の既得権者の利益のために彼らへの迫害を許すわけにはいかない」と語った。

「彼らはブラジル政府が公認している伝承文化の儀式を伝えるために来日しようとしたのだが、トランジットの国が逮捕、投獄するのは、製薬会社の言い掛かりとしか私には考えられない」と胸の気持ちを伝えた。

――ＤＭＴ麻薬成分の検出という事実について、どのようにお考えになりますか？

「そんなもの、口に入ればアミンという栄養素に変わるもので、小便にもＤＭＴは現れない種類のものです。そこには、人間の健康に関するインカの奥深い知恵が働いているものです」

――そうした見解をお持ちでも、違法な成分が混入されていれば麻薬扱いされても仕方ないのでは？

「このＤＭＴは精製されたものではないのです。ヨーロッパの八百屋に行けば野菜の十二種類にＤＭＴを含んだものがどこでも売られています。これを売る者、食べる者を逮捕、投獄するでしょうか。例えばアーティチョークは今回の検出量より多いと弁護士から聞きましたが、警察はそれを食べた人を逮捕したりしないでしょう。その事実も公表しない権力に陰謀のにおいがします」

――国際刑事機構の要請で、逮捕は警察の判断ではないとスペイン警察は発表していますが？

「裏は国際的な政治家と製薬会社、それに躍らされているホワイト・ハウスの陰謀だと思いますよ、私は！」

――何か具体的な証拠をお持ちですか？

「国連第六回生物多様性会議で採択されたアメリカ非難決議を読んでください。巧妙に仕組まれて、インディオの伝承医療がアメリカの製薬会社の世界特許になっていた事例が判るでしょう。この会議では満場の拍手でアメリカ合衆国に『最悪賞』という賞を贈ってその愚行をたたえているのですよ」

ここまでの話をメモしていたエルネストと名乗るジャーナリストは、朝刊の記事に私とのインタビューを載せるために、急ぎ私の部屋を後にして、ドタバタと廊下の向こうに駆け出して消えていった。

その日の朝は午前九時きっかりに、屈強な体格のホゼ・マリアが知的な美人顔の奥様を連れて、私の部屋を訪れた。

慌てて、カーテンを開き、夫妻を招き入れたが、眠気顔の私を見て、「一時間後にオリーブ組合の運転手を寄こすので、身だしなみを整えておいてください」と言い残して、今後の準備のためか、私を置いて先に動いていった。

スペイン人といっても、あのモダニズムの天才画家を生んだカタルニアの頑固者の村人は、信義に厚く愛情深い人が揃っていて、実にありがたい人たちだと思った。

「食の安全」のテーマを通じて知り合った、同じNGOのホゼ夫妻が帰ったあと、私は風呂の中に天使の油を流し込んで入浴してから、躰を弛めた。すぐ痛みが緩和して楽になったので、着替えをして庭に出て、朝の空気を吸ってから、迎えに来た車で弁護士事務所に出向いた。そこで堅物の感じのする知的な弁護士ドクトル・カコを訪ねて会談したのだが、実は彼もカタルニアの人だと判って驚いた。

対座する二人の間にあるテーブルの上には、昨夜のエルネストが書いた朝刊の記事が広げられていた。

「AKIRAさん。この裁判は製薬会社を訴える裁判ではないので、判断を間違えないでくださいよ。争点を広げると難しくなるので、注意しておきます」と念押しするので、私は素直に謝罪してから、どうすればよいか尋ねた。

――今後は単独でのインタビューには答えない。申し入れのあったときは、私が代理人として答える。今はハインヤを売ってお金を稼ぐことが目的でなく、街角で仲間を勧誘して組織の拡大を計画する団体とも違い、社会的危険を伴う組織でないことを世界に知らせて、誤解を受けないようにしないと、これから先の仕事もできなくなるでしょう。大望あれば、なおさら慎重に事を進め、争いのない道を行かねばなりません。

「それなら、この事件を刑事事件にせず、誤認逮捕で決着させてください。事件そのものが不当だと私は思うので、事件として扱われない結果を望むのですが……」と依頼すると、

――――今、大統領もシャーマンに同情的だとの情報が伝えられているので、あと三週間待ってみて警察が起訴しないことも考えられますから、対応を私に任せて見守ってください。

という返事だった。

「くれぐれも友達を罪人にしないでください」

と頼んで初日の打ち合わせを終え、両者の役割分担を決めた。

私は昨夜、インタビューに訪れた記者のエルネストに同行を頼んで、国連事務所を訪れ、環境計画担当官にマチュピチュでのシャーマン会議の共同開催を申し入れて理解ある回答を得ることができた。すでにホゼ・マリアがエルネストの了解も取りつけ、私の意向も相手に伝えてくれていた結果だった。

私は弁護士のカコに全権を与えた以上、私のすることとは別な角度から、シャーマンの活動を世界に知らせて彼らを援護する役目を果たすことだと思うのだった。

そこで、場合によればスペインから急ぎペルーに向かい、ペルー文化省の役人と話し合うことも予測して、そのときのためにペルーのNGOの友人たちにも連絡を取るなど、私にできることは何でもやるべきだと考えた。

今の私のできるすべての仕事をして、この事件の解決のために働こうと固く決心していたので心に迷いはなかった。幸いにも、環境サミットでの覚めやらぬ熱情が、今はまだ各国の環境団体の内部で機能していたので、多くの友人や知人が惜しまぬ協力を約束してくれた。

市内のバルバラ通りをはさんで裁判所と反対側のブエナビスタ宮殿の北側にある国連事務所を訪れた後、記者のエルネストを文化省の建物の前で降ろして、私はホゼの農業組合の車で無事にホテルに戻ることができた。

夜遅くなって疲れが出ると頭痛がするので、その日も早く床についたが、夜遅くナレーシからの電話で、この日も意に反して起こされてしまった。ナレーシが、パドリーニョの伝言を伝えてきたのだが、それによると、アマゾンへの人道援助と今回の事件への協力に、兄弟姉妹からの連帯の挨拶を贈るという感謝の伝達と、環境会議と同時に催された「世界宗教者平和会議」の準備会に今回の事件への協力を要請したという伝言だった。その結果、おおむねスペイン政府とその後ろの勢力に非があることが、関係機関に理解される動きとして広がっているが、主要な当事者は、夏のバカンスを理由にして表立った動きを控えているので、もう少し時間が掛かりそうだとの認識が私に伝えられてきた。

「判った。環境サミットを実現させた世界の良識とパドリーニョを信頼している」とだけ私も伝え、電話を切って再びベッドに倒れ込んだ。

頭のなかで、いよいよペルー行きを決行する時が来たと決断を促す声が聞こえていた。当事者たちが状況判断に時間を要している間に、次の準備をするのが私の役目だろうと思ったからだ。

翌朝は躰が熱っぽくなり、次の日も起き上がれず疲れが出て、躰の痛みに耐えた。ホゼが頼んでくれたルームサービスの食事にも二日続けて手がつけられず、眠りっぱなしの心細い日々を旅先で過ごすことになった。

そればかりでなく、ナレーシからの電話では、フェルナンドの女房のアントニアが夫の逮捕以来食事も取れず、ひどく体調を壊しているので心配だとの情報も伝えられてきた。マドリードに来て三日目になって、ようやくアントニアを慰める電話をしたが、受話器の向こうですすり泣くかよわい声は、森で明るく響いていた初対面のあの時の声とは別人のもので困惑した。ナレーシに電話口に出てもらい、何とか彼女を助けるように頼んだ。

彼女は心配のあまりアマゾンを出て、夫が逮捕されているスペインに渡行しようと、リオデジャネイロに来ているという。仲間からマドリード行きを止められ悶々とした日々を送っているうちに、胃の痛みを訴え顔色も悪いというので、金を送るから病院での応急手当と彼女の身の回りの世話をしっかり頼むと伝えて電話を切った。

人生には何か一つの予期せぬ不幸が起こると、次々と関連する出来事が不意をついて起こるものだ。つらく苦しい人間模様を乗り越えるには、家族の愛と祈りの力が必要だが、仲間の真心も勇気を与える大切な力ともなる。私はベッドから起き上がり、ホテルの窓越しに見える満月に祈った。

〈神通力よ、興《おこ》れ！　私自身は祈りに頼る、ちっぽけな人間ですが、あなたの偉大な全能の力でアマゾンの仲間を救ってください。アントニアに力を与えてください〉と祈るのだった。

深夜になって再びナレーシから電話がきた。

驚く知らせだった。

アントニアを病院に連れていったら即入院となって手術が必要だと言われた。病名は直腸ガン。年齢が若いので進行が早く、救えるかどうかは開腹手術の結果次第だとのことだった。

「一刻を争うから手術やむなしがブラジル側の結論だ」と同意を求めるので、私の手持ちの旅費の半分ほどを今すぐ送るから最善を尽くしてくれと指示して電話を切る私だった。

心臓は高鳴り、息苦しさに耐えられなくなったので、再びベッドに倒れこんで眠ってしまった。

夜が明けてからホゼ・マリアに送金を頼み、ドクトル・カコに打ち合わせのスケジュールを知らせてくれるように、連絡を頼んだ。

「警察は起訴猶予のまま釈放の可能性が高い」と弁護士のカコから折り返し電話がきた。

そこで、私はそうした解決は望まないと伝えた。しかるべき人間が謝罪して、今後この種の迫害が起こらない保証を形に残さないと、インカの儀式の伝承活動を続けられなくなってしまうと主張したのだった。

念のために保釈金として用意した資金を成功報酬として支払うから、私がマチュピチュに行きシャーマン会議の準備をしてから帰るまで、一週間は不利な交渉はせず初心貫徹を求め続けてほしいと頼んだ。

私は必ず一週間もせぬうちに戻るから、ここで不確かな妥協をせず国際正義を貫くよう伝えて電話を終えたのだった。

今から五百年前、インカの王を拷問にかけ、生皮と爪をはぎ、指を順に切り落とし、目をくり抜いてインカの宝をわがものにしようとした人たちの末裔たちが、今また同じ目的で、私の仲間を世界に先駆けて拘束して、その秘密を入手し、支配者たちの財産に変えようとしている。スペインとインカの争いは今もなお続いているという、エルドラドの伝説の何か不思議な因縁を私は今、感じ取るのだった。

次の日、やはりアントニアの病状は思わしくなかったとの情報が私にもたらされた。

胃から直腸にメスを入れ腹部を開いたが、手遅れで、再び縫い合わされたという。医者が下した診断は、余命あと一カ月だった。

あまりにむごい宣告だ。

私は承服できず、アントニアが麻酔から覚めたら「フェルナンドは間もなく釈放されるから」と伝えて元気づけ、ナレーシにはアントニアが回復するまでその傍を離れず看護を尽くすように指示してアマゾンの伝承治療師の所に早く連れていき、伝来の方法で諦めずに回復を試みる施術を提案した。

幸いにも、聖者パドリーニョの兄で権威ある心霊術師がアントニアを治療する光の治療方針を天から受け取った、とパドリーニョに伝えているとナレーシから聞いたのだが、伝え聞くところによると、そのイナリオと呼ばれる女神からのメッセージは次のようなものだった。

Meu Deus Meu PAi e
Minha Mae
Eu Peso Que Vos Me

Cure
私の神よ私の父よ
私を癒す定めを行ってください
A materia das doensa
E o espirito do es
Curo
私は病気を治す魂を受け取る
神の加護とその力によって
私は病から救われます……

このメッセージを歌にして一日千回以上アントニアは歌い続けることが必要だという。その後で、バナナの葉を敷きつめた治療所で大地に寝かされて体を癒されたあと、サラクーラという小枝の皮をはぎ取ったものを泡立てて飲むことで、躰を浄化させる。さらに内臓機能を解毒して、その免疫を高めるマリマリという薬木の樹液を入れた煎じ茶を飲む。そして、祈りなどで神との合一を果たし、病を追い出して、生命の泉をよみがえらせる伝承治療を施すらしい。

どうせ、現代医学から見放された宣告を一度受けたのだから、伝承に従い身体に森の命を吹きこむことで女神の愛を宿すしかないと私は思ったのだ。

インカの隠された都であり、ハインヤの製造所であったマチュピチュでのシャーマンの世界大会を早く実現して、そこにインカの王の霊を呼び出し、その子孫のために力を合わせて、人類の平和と自然回帰を可能にする儀式をするのだから、すべてに対しそれが最良の結果となるだろう。伝承療法による人類救済の気運を高めて、今助ける必要のある人々にハインヤによる施術を施せば、世界中でアントニアはじめ、多くの人々の命も救えると思った。その高まるエネルギーで、ハインヤの祈りの自由も世界に広がるだろう。人類の価値転換を実現する希望をつくる仕事に即座に取り組みたい気持ちで胸がいっぱいになった。

そこで、マドリード発ペルー便を調べて予約した後で、十年前からの友人であるペルー在住のベラの顔を想い浮かべて彼女に電話を入れた。

受話器から聞こえるベラの落ち着いた声にも、私の来訪を告げる久し振りの電話の声に弾んで喜んでいたのが判った。

「元気にしているかい？　今回、ペルーに行くので、案内役をぜひ君に頼みたいと思って電話したのだが……」

「それはありがたいわ。で、いつ来られるのですか？」

「明日はどう？」

「えっ、変わらないわね、あなたは」

数秒の沈黙の後で、

「いいわよ。都合つけるわ」

弾んだ、うるわしい声で即答してくれた、ありがたいベラだった。

「他に前もって聞いて置くことはないの？」

受話器の向こうから彼女が尋ねてくれたので、

「ペルー文化省の実力者と会談したい。近々のセッティングを準備してほしい」と頼んで、詳しい説明は顔を合わせた時に、と伝え電話を切った。そして、翌日の午後クスコまでの迎えを頼んだ。この空港がマチュピチュ遺跡に一番近い空港だったからだ。

（十）

もう十年も前に、私が世界のいろいろな国で開催したワークショップに、ベラは参加者としてブラジルの田舎の会場で姿を見せたのが、彼女との出合いの最初だった。「東洋のメソッド」と題したエナジーワークは、禅の技法とインドでの瞑想体験とヨーロッパに伝わる呼吸法を駆使して、参加者に再誕生の機会を用意する泊り込み十日間の研修会だった。心理劇や集団の催眠療法も取り入れて、各自の幼児期のトラウマを突き止め、意識をそらさず見つめ直して、自分の愛の目覚めを実現する十日間であった。

情熱的でエキゾチックな雰囲気を持つベラは、何不自由ない家庭環境に生まれ、家庭教師に育てられた関係か、自由奔放に行動して、たちまち印象に強く残るチームメートとなった。

研修会の終わりが近づいたある晩、ベラに誘われて彼女の部屋にいくと、次のワークショップから自分を助手にしてくれ、自分をセッションのスタッフにして、ペルーでも開催してほしいと頼まれた。

「自分の父はペルー海軍の将軍で、海岸沿いに広大な土地を所有している。そこを拠点にして、南米の人々の意識に目覚めの種まきを一緒にしてほしい。生計の基盤は、所有地の材木で木造クルーザーを建造するプロジェクトを起こし、一～二年かけてカリブ海のマリーナに売却すると、経済的には一艘《そう》で十年は暮らせる」というものだった。

しかし、私に帆船の建造と航海の知識がなかったのと、さらに老いた母を故国に置き去りにしていたこともあって、なかなか魅力的な話ではあったが、帆船造りの技術のない私には責任の持てる話として受け取れなかった。その後、南米を後にして合衆国へと予定どおりのミッションの旅を続けることにして、ベラの申し入れを受け付けないまま、彼女との関係は中断していた。

「それから十年ひと昔」といわれる月日がたっていたが、東洋のメソッドに参加した者たちの絆はとても強いものに育っていた。

このワークショップは命の無情に気づき、その刹那を突き抜けて、各自がクリエーターとしてオリジナルな実人生の主人になり、その気づきが目覚めた意識の花園に咲く華の香りに似て、かぐわしく体験者の脳裏に残る記憶として永遠に機能し続けていたのだ。

一度気づくと、その体験がクンダリーニの体内エナジーに支えられて価値意識の奥底に宿り、不老のエネルギーとなって新しい価値の創造力が呼吸とともに芽生えてくる。

「あの時のＡＫＩＲＡのエナジーは動いていても、瞬間瞬間が止まって見えて、あなたの清らかなオーラは深い安らぎを放っていたわ。私はあなたの傍に近寄りたくて、一緒に居るだけで特別な安心感に浸れたからなのよ」

「だから、いつまでも時間を忘れて、あなたの香る波動に包まれていたかったのに、私を置き去りにしてどこかに行ってしまわれた、ＡＫＩＲＡ……」

私を責めるように昔の記憶を捜す、浅黒い肌の、美人顔のベラだった。

「でもあぁ……私のことをちゃんと覚えていてくださったのだから、うれしいわ」

改めて、喜びを伝えて、風を熱く震わせたベラだった。

空港ラウンジの止まり木に並んで腰かけるベラの濃い眉が情熱的に見えていた。彼

女は赤いカクテルの氷を小指で回しながら、

「再びあなたと会えるなんて夢のよう……」

「美しい君を見られて、俺も幸せだ」

「今度は、私をスタッフとして認めてくれると思うと、とても元気が出て、うれしいわ……」

そう言って、私にいつもの熱い視線を向け、甘い香りの吐息で私を包む。再び視線をカクテルに落としたベラが、グラスを少し持ち上げた後、許しの合言葉を私にくれた。

「サルーテ」

この時、十年の離別の時間が消え、二人は果たせなかった過去のわだかまりから解放されて新しいミッションへの期待で結ばれた。夢のような時間の再来だった。

「それで、文化省からどんな合意を取りつければいいの？　私の役割を教えて」

私の顔をのぞき込むように上目使いになったベラが尋ねた。

「マチュピチュ遺跡の使用許可が欲しい」

結論だけを急いで伝える私に、ベラは「もう少し説明してよね」と、軽くウインクして返答した。

「実はね。私の友達がスペインで逮捕された。彼はアマゾンのジャングルマンでシャーマンでもある。私は仲間を助け、先住民の遺産を守る仕事を始めている」

このプロジェクトを進めていくため、ベラにはチームメートとして仕事に加わってもらい、私たちのスタッフとして正式に協力を要請した。

さらに、「環境サミット以後の実践活動を政府や行政と対立せずに事を進めるには、今までのやり方では駄目で、豊かな発想と能力を持った新しいスタッフの協力が必要だ。そこで、ペルーに関しては君が最良の人だ」と素直に彼女に協力を依頼した。

「やっとあなたと仕事ができる日を迎えられて感激だわ。だから、どんなことでも私たちならやれると思うわ」

わずかに顔を赤らめて、熱い視線を向けて話すベラに、なぜか気恥ずかしさを覚えて、私は少し話題を変えてベラに尋ねた。

「あの帆船のプロジェクトは現在も続けているのかい？」

「いいえ、あれはあなたを私の傍に置くための、あの場での思いつきだったの。あなたが興味を示さなかったので、無意味だったけれど。あなたは私の知らない引き出しをいっぱい持っていて、私を飽きさせない人だから、帆船のプロジェクトも、あなたさえその気になれば、きっと実現可能なことだと思いついて提案したのよ」

今も当時と変わらず、ベラの東洋的な瞳からは魅力的なラテンの情熱がほとばしっているようだ。

その瞳に見つめられていると、私の心は十年の歳月を飛び越えて、今も当時のままの、損得を超えて地の果てまでも尽くし合いたいと願う、純真な心の彼女の姿が浮かび上がってきて、私をとまどいがちで虚ろな表情にする。その時、先刻から私の表情を見つめていたベラが、心配そうに私に尋ねたのだ。

「どうしたの？　健康状態のすぐれない顔色だけど、もしかして高山病にでもかかったのかもしれませんね。ここ数日は、動きをゆっくりにして躰に負担をかけないように静養して様子を見ましょう。ここは高度四千メートルもあり酸素の少ないエリアですから、行動に注意して、すべて私に任せてください」

〈そう言われれば急に頭が重く、躰はふらついて普通じゃない自分に気づいた〉

「先生、どこへ参りますか？　運転手の私にすべてお任せくださいますか？」

とおどけて先に席を立つベラについて空港ラウンジを出ることにした。彼女の車は、屋根が開くスポーツカーだった。ベラに連れられて、あちらこちらが雑草で覆われた高原の小さな飛行場を後にした。

ベラはチチカカ湖畔の別荘に私を連れていき、彼女の部屋らしき隠れた洞窟のような所、木々が紫に染まって変化する黄昏《たそがれ》が窓ごしに見える部屋に私を案内した。そこで見た景色は格別のものだった。その部屋の湖に面した窓ごしに、刻々変化する黄金色に照り返る夕暮れを、ベッドの脇に置かれたロッキングチェアに揺られて、ゆったり見ることができた。

彼女は私の左肩に手を置き、もう一方の手を頭にかざして、彼女のハンドパワーで私を治療し始めた。

「あなたを治して、世界を癒すの」と笑う彼女の黒い瞳が陽光に照らされてエキゾチックな気分に浸らせた。暮れいく陽光の美しさが私を癒すのか、ベラのハンドパワーがそうさせるのか、マドリードを夕刻にたって、一昼夜の旅の疲労がベラの優しさによって、緊張していた体が楽になっていくのが感じられた。

「面会はいつセッティングすればいいのですか?」

私の頭の上二十センチに手のひらをかざした姿のままで、彼女は私に尋ねた。

「明日にでも……⁉」

「ダメよ。今、動いたら本当の高山病になるわ。まず四、五日は無理ね。私に任せて、どう伝えればいいかだけ教えてください」と私を説得するベラ。

「世界に散らばるシャーマンをマチュピチュに招待して、インカの伝承療法と治療行為を、人類の伝承遺産として『宣言』する会議を実現したい。それを、現代文明の方向転換を始動する狼煙《のろし》にしたいのだ」

「判ったわ。で、いつがいいの？」

「遺跡を貸し切りにするのは二日間だけ、時期は文化省と協議して決めるが、実施するには準備に四、五カ月はかかるだろう」

「実際に千名のシャーマンに案内が届くのに三カ月は必要だわ。それから準備するのに、さらに三、四カ月だわね。そんなに時間を要しても、友達の釈放は大丈夫なの？」

「ああ、遺跡が借りられ、会議が開催されると決まればすぐに事件は解決する方向で動き出すだろう、きっと」

ベラは、その計画を聞かされて、私に「ムイ、ビエン」と計画の実現を確信した気持ちで、両手を広げて彼女の感動を伝え、椅子に座ったままの私を強く抱きしめてくれた。

その弾力ある下腹のあたりから、ベラのエネルギーに吸い込まれていった私だった。今ここには、どんな悲しみも報われぬ苦労も未知の不確かさもない。感じ合える心の存在に感謝するだけだった。満ち足りた絆の存在する歓びと、お互いを尊敬できる心が出合ったうれしさがこみ上げてきた。

男と女は、性的興奮の充足だけが絆ではない。永遠の高みを目指す心で、人間存在の完成を補い合う、その心を育て合う関係も深い愛のなす術である。

今この時に、記憶のふたを開けて、あふれ出る、理解し合いたいと願う者同士の解放感を胸に吸い込んで、呼吸を合わせた。すると、次元を超えたコミュニケーションが始まる。呼吸のメカニズムに隠されている愛の神秘に、二人は出合っていた。実に十年もの時間、没交渉であっても、同志としての信頼があれば感じる温《ぬく》もりに身を任せられる解放感が心の境界線をとかしていた。

小一時間、共に呼吸を重ね合わせて、お互いを許し合った後、汗をかいたのでシャワーを浴び、ベラが用意したシルクの寝巻を身に着替えた。それから夜の食卓につく。ニジマスのレモン味のするワインソースとインヤミのスープで私をもてなしてくれたベラだった。インヤミとは里いものことだ。蒸して裏ごしして塩の味付けだけでスープにしたものを、インカではそう呼んでいる。

「チチカカ湖で育つマスは日本人が放流してくれたものなのよ。今ではその技術と友情がインカの民を飢えから救っているの。オリエントとの交流の歴史がもたらした財産よ。だから、伝統文化を交流し合うことは人類の進歩の証しだわ。西洋の文明だけに世界を従わせようという、オキシデントの考えは嫌い。だから、AKIRAがしようとしていることは、私たちの願いをかなえることでもあるのよ」

ベラが私の行動に賛意を表してくれた。

アマゾンの文明は、世界が大切に守らなくてはならない人類の宝物であり、マヤもアステカもインカもシカンも南米に花咲いた文明はすべて、パワープラントの植物が彼らの命を輝かせた結果の集大成だとベラも言うのだった。

「この幾百万種の植物を育てる森の神秘が、鉄とコンクリートの略奪文化に変わって、次に来る文明の可能性だと信じているのよ、私たちも」とベラは言った。

「人類はたった一本の草木さえ侮ってはいけないのよ。私たちと同じ価値の奇跡がそこにあることを知るべきよ。たった一本のオレンジの木がどれほどの果実を実らせ人を潤わせるか、人はその命を生む奇跡を目の当たりにして、自然への感謝と文明を信じる心が育つのよ。しかし、今はもう人の心を育てる美しい風景さえ、壊し奪うものが私たちの文明文化になってしまったのよ……」と彼女の認識を伝えてくれるベラだった。

これまでの人類を育てたホーリープラントの遺産とは人間が飲む森の母乳であり、森からいただく生命の血液であった。それに代わって、遺伝子の組み換えや薬品にまみれ、原価意識に操作された食品に、森と大地の命は働かない。人間は植物の命に支えられて存在する理由を真剣に考えて、お互いを役立て合う関係を築くのが本来の文明の在り方だと先人たちは識《し》っていただろう。

「地球での弱肉強食を終わらせ、助け合って共存できる生命へのリセットの場がアマゾンなのよ。植物の力を借りて、ここで人類は失った『命』を取り戻す、人間本来の愛と出合うのよ。アマゾンの森が私たちに伝えているメッセージは、AMA（愛）とONE（一つ）、これを最後にあるZでつなぐとAMA-Z-ONEとなり、それは、われわれの命が生まれた森のことだと皆が判るように、先人が地球にメッセージを残しているのが、アマゾンの名前の由来なのよ」とベラが伝承に隠された秘話を聞かせてくれた。

「アマゾンに行き『シート・オブ・シャイニング』の椅子に座った者として、熱帯雨林の森の文化を伝えて、人類の希望の道を示すことが残された時間の仕事だ」と、ベラと今後の仕事の意味を確認し合った。

「そうだ、アマゾンに人類を一つにする世界政府をつくろう」

それがこの夜、二人が話し合った結論だった。

森の女神に命を捧げた今、私は語ることができる。私の知った真実のすべてを。

〈残された時間を共に生きる人々よ。自分の外側との調和ばかりを気にせずに、内側の意識を大切に生きよう。そうすれば天と地があなたを通してつながる。神はそこに降臨してあなたに天命を授けるだろう〉

（十一）

「一度かかると数カ月で、あの世に逝く人たちもたくさんいるのですよ」と言って、ベッドで眠る私の枕元に、ベラが翌朝に持ってきてくれたのが、ハインヤとコカの葉だった。

なんとハインヤの植物の原産地が、ここチチカカ湖周辺だとは知らなかった。

「インカが滅ぼされた後、王位継承者だったアヤワスカ王子はマチュピチュに逃がれ、母方の一族はボリビアのカジャワヤに隠れ、父方の兄弟たちはクスコからインカ古道を通ってアマゾンに逃れたのよ。でも、どの部族も祭事に使うハインヤの原料となるジャグレとテーベの葉はここから各地に持ち込んでいたの。その時代からハインヤは秘宝中の秘宝、森の女神の神聖な宝物として崇められていたのよ」とベラが証言する。

「君は詳しいんだね」と言うと、

「実は私の一族もインカの末裔なの。スペインの貴族がアタワルパ王をだまして、部屋いっぱいの金銀を奪い、さらに不老長寿の秘宝を要求した時、本物のハインヤはアヤワスカ王子に託しアマゾンに隠させて、コカの花を渡して彼らに仕返ししたのよ。エルドラドの伝説として後世に伝えられている物語をＡＫＩＲＡは知っていますか？」

と尋ねられたので、『インカのシャーマン』という翻訳本で少しの知識はあるが、詳しくは知らないと答えると、

「その物語に出てくるマンコインカの王が私の一族で、スペインの隊長ピサロにコカインの花を渡した後、処刑されてしまったのよ」

「それは五百年も前の話が語り継がれているってことなの？」

「そうよ。インカの末裔は今も使命を生き続けているの。私もその一人。ＡＫＩＲＡに協力することで森の文明を大切にする時代をよみがえらせようと願っているのよ。それが争い合う者、奪い合う者との和解の道であり、森に生きる私たち一族が存在し続ける理由でもあるのよ」

と言うのだ。あまりに責任の重い歴史の役割を背負っているベラを、軽い話題で笑わして楽にしてやろうと思い、

「コカインの葉で俺に十年前に置き去りにされた仕返しをする気だろう？」

と、コカの葉をしがみながら言うと、

「大丈夫ですよ、あなたは大切な人ですもの。正直に接するわ。コカインの花には中毒を起こす成分があるのですが、葉は食べずにしがむと血圧をコントロールして高山病を治す特効薬なので、村人たちも毎日少しずつ、しがんでいるのよ」と教えてくれた。続けて、

「アマゾンからマチュピチュまでのウルバンバ河一帯はハインヤの原料となる植物が自生しているだけでなく、コカインの宝庫でもあるの。だから、このあたりの人々がアグア・コン・ガスという天然の炭酸水にコカの葉の煮汁と砂糖キビの汁を混ぜて飲んでいたものをまねしてコカ・コーラが出来たのよ。あれも、この場所から始まった神聖な飲み物だったのよ、始まりはね。でも、商品化されると違うものにしてしまうのが、オキシデントの文明なのよね。チチカカ湖は世界一の高所にある湖で人間を勇気づける神秘なものがたくさんある所なのよ」と説明してくれた。

コカの葉をしがんでいると、初体験の私でも次第に唇がしびれてきて、気持ちがおだやかな感じになってくる。躰の緊張がゆるみ、呼吸も楽になった。しがむという行為も、脳を活発にして、顎を強靭にする人間の能力を引き出す行為なのだろうと、何

げなく、立法以前の地域習慣を知る思いで、ベッドに横たわったまま顎を動かし続けた。

「今度はこれを飲んでください。コカの葉はこの壺に吐き出して、この水で口をすすいでから、〈躰が元気になりますようにと〉お祈りして、グラスにあるハインヤを飲むのよ」

お盆に壺やグラスをのせてきて、裸のままの私をシーツにくるんで抱き起こしてハインヤを飲ませてくれる母親のようなベラだった。スープの後で再び私を横に寝かせると、シーツをずらせて、そこに天使の油を塗ってマッサージを始めてくれた。

あれこれと親切に優しく世話してくれる彼女に、「インカの王女はそんなに優しく男性に尽くすのかい？」と尋ねてみると、「愛する心を貫いて生きることが、気高い女の幸せなのよ」と返事が返ってきたので、納得して「感謝します」とつぶやいて彼女の手に口づけした。ほほ笑んで彼女が私の手の甲にも口づけしてくれた。

それからシーツをさらにずらして、脇腹から胴体の奥深くまでマッサージの手がすべってきたので、私は言った。

「インカの歴史に秘められたハインヤの話の続きを聞かせてよ」

求めに応じてベラはマッサージの手を止めて語り始めた。

「インカの最後の王だった、アタワルパがスペインの『だまし討ち』に遭い、拷問されて息絶えるときに、末代まで彼らを許さないと言い残したのよ。だから、マチュピチュに逃れた一族は子孫を作り、成人するとハインヤを持たせて山麓の村々に行かせ、食料と交換しながらスペイン軍のいるところまでたどり着き、飲み水や食糧にバクテリアや植物毒を混入させて戦い続けたの。あるときは何千人もの軍隊を数十人まで、ほぼ全滅させた時期もあったけれど、次々に新しい軍隊を彼らは送り込んできて、殺りくは続いたのよ」

「壮絶だね、インカの歴史は」

「そうよ。新しい支配者となったスペインは何十回もアマゾンにまで軍隊を派遣して、インカを根絶やしにしようとするのよ。でも、インカ古道から先、決してインカを見つけ出すことはできなかったのよ」

「どうしてマチュピチュは見つからなかったの？」

「それはね」と言った後で、「さあ、今度は躰を裏返して」と言って、私の背中をくまなく「天使の油」でマッサージを続けてくれた。

「それはねえ、幾つもの峰が連なり、峠を幾つも登っていくのだけど、突然、視界から峰が消えるらせんの秘密に守られていたのよ。神の加護ね。ほかにも急な標高差や体力の消耗を考えて、武器を持った兵士が到達できない小路やトンネルの仕掛けなど、インカの道づくりと石組みの技術が生かされていたのよ」

「発見困難な場所で長い間、戦士を育成していたんだね」

「数百年の間、王の遺言によりインカの男は成人すると戦士の旅に出発したのよ。それが今生の別れだと知っていて皆、使命に生きた。女たちは強靭な魂を宿すハインヤをつくり、子どもを育て、伝承を守ってきたの」

「ハインヤはインカから続いている伝統なのかい？」

と疑問をぶつけた。

「正確には誰も知らないの。インカ以前から、何千年も何万年も昔から森の神からの特別な贈りもの、宇宙の意志と人間をつなぐ飲み物として、ある時は王様の指導力を高める飲み物として、催事に使われたり、穢れや魔払いの神器として神官によって使われ、神宝として扱われ、家来はその小便をもらって飲んだとも記録されているわ。インカ以降、マチュピチュがその製造と貯蔵場所になってからは、アヤワスカ王子の伝える飲み物として各地から求められるようになり、大勢の人が儀式のなかで聖餐《せいさん》として、それを役立てる機会を得たのよ。それがインディオの儀式として引き継がれるようになり、今ではこの儀式を持つ部族だけがアマゾンで栄えて、存在するインディオの部族は今もハインヤを使った祈りの伝統を保持しているのよ。祈りを失った部族はすべて滅び去ったわ」

日本では知る由もないだろう秘宝の話が聞けて、本当によかった気がした。少し心の障りになっていた、秘密めいたインカの謎が幾分明かされて合点もいったが、人間同士が奪い合ったり憎しみ合ったりする歴史を早く終わらせるために役立つなら、この植物を人類の宝物として再び活用して、互いに助け与え合える人類の歴史をつくる行動を、世界中で起こしたいものだと思った。

気がつくと、薄絹のシーツ一枚をかぶって、葦で編んだベッドに裸で眠っていた私を抱き起こして、ベラがスープを香木のスプーンで運んで飲ませてくれていた。

寝ぼけ眼の私は、気持ちよい香りに誘われ、口を開けるだけで、里いもとガーリックと塩だけで作られた、今日のインヤミのスープが、喉元を通って胃に落ちていった。

外は夕暮れの時間になっていて、窓の木枠から見える景色は、動くビーナスの誕生絵のように、黄金色に輝く絵画以上の美しい世界だった。スローモーションで変化していく光の景色に放心しているうちに、私は眠りに落ちた。ただ眠るだけで満足できる幸せな存在になりきっていられた。

満ち足りた信頼への思いがみなぎり、目覚めの朝を迎えた三日目になって、ようやくベッドから起き上がる気力を得た。横を見ると、ベラもロッキングチェアに揺られて、朝露にけぶるチチカカ湖を眺めていた。後方の壁には一〇〇号もあろうか、漁夫がチチカカ湖に浮かぶ葦の小舟に立ち、朝露にけぶる円い残月に、祈りを捧げている油絵が掛かっていた。

真新しい白い麻の蚊帳が少し揺れて、ベラが目覚めた私に気づいた。

起き上がろうとする私を制止して「あと一日眠れたら、熱も下がり、高山病の心配もなくなるわよ」とほほ笑むベラ。彼女は気を失うように眠っていた私を朝まで看病してくれていたのだろう。

それからすでに、私が眠っている間にペルー文化省の遺跡管理局とも彼女が話をつけてくれていた。

「シャーマンの伝承行事を遺跡で開催する許可が得られたわよ」とうれしそうに私の

耳元でベラが笑顔で告げた。

「許可申請は実施日の二カ月前までにクスコにある管理事務所に届け出て、正式な許可書をもらうの。その際、使用料として二日間で四〇〇〇ドルが必要で、合意の時に半金を払うのよ。どちらも私が立て替えておくわ」と伝えてくれるのだ。

それを聞いて、私は体の芯から元気が出てくるような気持ちになり、仲間を助け出すために早くクスコに行き、一日も早く合意文書を交わしたいとベラに告げるのだった。

「急がなくていいのよ。せっかくの治療が台無しにならないように、マチュピチュの近くにある温泉にまず行って、あと数日治療して、もう少し体調不良を改善してから、マチュピチュで合意文書を交わせるように、現地確認も兼ねて私が手配しますから」

と言ってくれたので、私はベラの忠告をありがたく受け入れることにした。

それで、ナレーシにも吉報だけは早く伝えてやりたくて、すぐベラに国際電話を頼んだ。

「今から一番早い日程で準備してくれ。一日千名以上、参加できるシャーマン会議の開催について、場所はマチュピチュ神殿を貸し切りにできた。日程は二日間。日時をいつにするかをリオの国連事務所と相談してくれ。環境計画と私たち世界会議事務局との共催だ。どこで記者発表するのがよいか、お互いの当事者国である、リオとマドリードがいいと思う。ドキュメント映画の準備もパドリーニョに伝えてくれ」

そのように、喜びのあまり、少し興奮気味に伝えた後で「アントニアの様態は？」と尋ねる私だった。

「ミラクルだ。一命を取り止めた！」と歓喜の声が向こうからも返ってきた。

そこで、ベラの手を握って私は喜んだ。

「君のおかげですべてうまくいった。心からありがとう」と感謝の気持ちを伝えた。

「ネバーマインド。愛は一念を貫いて尽くすことだと、私こそあなたに教えられたわ」と返答してくれたベラに感激して、喜びにふるえる心を重ね合わせる呼吸で、彼女の愛をもらった。

マチュピチュ神殿の使用許可が得られたということで、私のペルー来訪の目的は達成されたが、思えばそれは、私の健康と引き換えの成果でもあった。車の事故直後のスペイン行きの強行と、マドリードでのフェルナンドとチコの釈放交渉に続き、アントニアの治療支援、そしてペルーでの交渉事と高山病との闘いなど、目まぐるしく必死に働いてきて、今、ベラの助力で解決の見通しを得て、治療に専念できる時が来たことを喜んだ。

やっと自分自身をいたわれる日が来たことをうれしく思い、ベラに連れられて、インカの湯治場に行くことに希望を抱いた。

やはり、すべての準備は整えられていた。

翌朝、別荘の玄関に横づけされていた赤いアルファロメオに乗り込もうとして、助手席へ向かうと、足元の大地が葦のチップを敷きつめた道路だと気づいた。この別荘も葦の茂る湖の下草を刈り込んだ葦の大地に建てられた家屋で、植物の持つ力は何とすごいものかと驚かされたのだった。

赤いスポーツカーの助手席に座って、ベラが私に身を寄せて、そっとキスをする。それを合図にエンジンの爆発音が聞こえ、彼女はアクセルを踏み込んだ。

ウルバンバ河に沿って、インカの風と太陽を受けて、聖なる谷の北側道を走り抜けた。太陽神殿のあるピサックまで一時間、それからマラス塩田の麓から湧き出る無塩のアグアカリエンテまで、もう一時間の快適なドライブだったが、私の気分は赤い救急車で治療所に急ぐ気分であった。

ラジオのスイッチボタンを押すと、ボサノバの流調な曲が流れ、木漏れ陽がリズムを合わせるように、ベラの顔で躍っていた。天井を開けて走る車の、風を切る爽快さが、心配事を洗い流して絶えず私に元気をくれていた。

遺跡の山麓のジャングルを拓いた田園風景のなかに、葦ぶき屋根の見える、その湯殿はあった。ここで車を降り、段々畑のあぜ道を通って湯殿に近づくと、円形の棺桶のような湯ガメが二カ所、地中に埋めてあって、くり抜かれた地中の壺の底から湯が湧いていた。

湯に触れると、ぬるま湯だったが、私を気にせず、ベラは素早く服を脱いで、屋根の二本柱をつなぐ横木に服をひっかけ、こちら側を向いていたので、恥じらいもなく堂々と私に黒い陰毛を見せてくれた。インカの女性はさすがに一途で大胆だと感心した。

湯はやわらかく、とても心地良いぬるま湯だったが、それがまた、倦怠感を伴う病には良い効果があるように思われた。

「ここは、別荘から千メートルも標高が低いので、長くぬるま湯に浸っていると、躰中の緊張もとけるのよ」

小川を流れるせせらぎの音と遠くで飛び交う鳥たちの鳴く声以外は、何も音のない静寂の世界に抱かれている湯治場だった。

小一時間程して、先にベラが湯から上がり、裸のまま車に戻って荷物を取ってきたようで、キャンプ用の折りたたみ椅子とテーブルを湯殿の間に広げた。その後方に、ワンタッチで開くビニールテントも開いた。床には葦のチップを敷きつめ、テントの底には、アルパカの敷物を広げた。

「さあ、これで私たちのパレスが完成よ」

そうつぶやいて一仕事終えたベラが、再び湯ガメに潜り込んだ。やがてまた、静かなひと時が私たちを支配したが、しばらくすると「食事はこれから何も食べないことよ。あなたの治療が目的だからハインヤだけをお飲みになって」とベラの低い声が森に響いた。

そこで、私は改めて下着をつけ、Tシャツも着てから胸に十字を切って、コップ一杯のハインヤを飲んだ。

それを見ていたベラは湯から上がり、腰にタオルを巻いて、私の湯ガメの周りにローソクを灯してくれた。夜空にたなびく光の結晶が陽炎のように揺れ、星々の瞬きと重なり、異次元の儀式の祭壇に誘われたようだった。

その、私の感じたままをベラに伝えようと彼女に声を掛けた。だが、ベラは返答せず、悲しみを秘めたような低い声で私に言った。

「一族の、今も慰めきれずにさすらう魂が、明かりを求めて私に言うのよ、世界を癒してくださいと」

（十二）

夜の幕が森を包むと、アマゾン特有の「アーアー、チェチェチェチェ」と次第に細くなっていくように鳴く鳥の声や「スイッチョンホーホー」と繰り返し鳴く鳥の声が騒がしくなった。満点の星空に見守られて、ローソクを取り換え、小さな油壺からランプに油を注ぎ直した。やがて森の奥からスピーカーのハウリング音のように波打つ連続音が聞こえて「ワッワッワッ」と不思議な鳥の鳴く声がした。

下着をつけ、森に宿る魂に畏敬の念を表すべく、シャツを着て、胸に十字を切ってから、また、もう一杯のハインヤを飲んで《さすらう魂が安らいでいく世の中をつくるために私が働いていけますように》と祈った。

暗闇のなかで星々を仰ぎ見て、森の精霊たちに抱かれていると、自分も星の輝く世界に無重力で浮かんでいる夜光鳥の仲間のように思えて、私の存在も広大な森の一部だと感じた瞬間、対面の峰に何か黒い光のエネルギーの塊が光ったのだ。その「黒く光る気の集合体」から静かな息づかいを感じさせる人の気配を感じた。見上げると闇の中から、峰の先端で座禅している黒いマスターの姿が浮かび上がってきた。

彼が対峰から私に話しかけてくるのだ。

「もっと高く、もっともっと高く意識を常に保っていなさい」

私は眼前の闇の内で光る集合体に意識を集中した。

「やがて多くの仲間が、この道の後継者となって、君の後に続くだろう。人はすべて道の途上にある。君は彼らを助け、喜びのうちに彼らが道の引き継ぎ役となるよう導け。古い世から新しい世界がどのように変貌を遂げるかの証人として人生の十字架を背負うのだ。油断すれば非難され苦境に陥る。注意を怠るな、人間としての真実を探し求め、その高峰にたどり着け！　それが君の仕事だ」

何か不思議な力によって新しいエネルギーが私の体内に注がれてきて、次元の違う新しい活力が私に付け加えられているのを感じて身震いした。

「私の三十番のイナリオを知っているだろう」

黒い聖者が暗闇のなかから、赤味がかった唇を動かし白い眼で私をにらんで、確信のある声を響かせてきた。

「はい」と私が大きな声で素直に答えると、

「それを歌って、君の友達を救うのだ。まず、あなた自身を森の女神の波動に委ね、聖歌を歌うことから始めて、次に、君にハインヤを与えることが、私の導きのAからZだということを深く理解してごらん。祈りの歌は君への教えだ。君は新しい文明をつくる力を今から得るだろうが、この力を持つ者は、献身、労働、誠実さを忘れず、兄弟愛を貫いて仕事をやり遂げる使命を持つ。この世界の兄弟愛は、善行も愚行もすべて欺瞞《ぎまん》となってしまった。どこにも、どれ一つ取っても、真実が無い。皆がビジネスマンになっている。新しい文明をつくる能力は人間自身に秘められている愛の扉からあふれでる。人間が神の化身として他人のために働く誠実な心が必要だ。イナリオの啓示は真実であり、そこからすべては解き明かされていくだろう。誇り高くあれ、人を信じて。マヤの予言の黙示録も、人間の祈りの力でポジティブに変える働きをしておくれ。すべてを委ね導かれて、他を思いやる心で祈り続ければ、ハインヤの祈りは真実を君の前にあらわす」

そのように言った後で、ひと呼吸置いてから、

「忠告の最後にもう一つだけ言っておこう。時が来ればすべて輝き、美しいものが何

であったかが明かされる時が来る。そのことを疑わず、外の世界で起こる妬みや、もめ事に巻き込まれないようにすれば、森の精霊たちは君を助け、君と人類に輝きを与えるだろう」

夜明けの明星が私の真正面から輝き瞬いていた。

森の聖霊の力と共に魂の旅を始めた私には、森に木霊《こだま》す聖者の教えは何よりの宝物だった。心からの感謝で、この時手を合わせて森の神に献身を誓った。

「何が起こったの？」とベラが湯殿から尋ねた。今、直前に起こっていた感動を言葉にできず、服を脱ぎ、裸になって、ベラが入浴している湯殿に、私も飛び込んだ。

湯があふれ、彼女の弾力ある肉感を独り占めにして抱きしめた。

うれしそうに、ケラケラと笑いながら裸の私を受け入れたベラ。

「OK、口をあけて」

言われるままに口を開くと
「プリーズブレッシングアゲイン」

裸の肉体を密着させたままで呼吸が重なり合うと、すぐに意識の境界が消え、身も心も結ばれた合一の想いが長く続いて、ペニスを挿入しなくてもエクスタシーの波が押し寄せて来た。

男と女が一緒にいるだけで感じ合える充足感のままに呼吸を深め合い、裸で震え合うエネルギーを高めていった。これが、病気にも打ち負かされぬ生命力の源泉、愛のちからだと思って彼女を抱きしめ続ける私だった。

湯に浸けられ、朝まで酸素を送り込まれた私の肉体は、細胞レベルでバラバラになり、組み立て直されたように躰の機能が過去を引きずっておらず、痛みを伴わないで膝が動いた。愛のちからで気力はみなぎり、私は再び立ち上がれたことを彼女に感謝した。

そこで、ベラをもっと引き寄せて、耳元でささやいた。

「アイアムハングリー」

「じゃあ、お風呂から出て、バナナを取りにいきましょうね」

チータがこちらを向いてにらむ文様のバスタオルを腰に巻いて、ベラが服を着始めた。私も急いで湯殿から上がり、躰を拭き、身支度を整えて彼女の車に同乗した。

明日の正午にマチュピチュ遺跡の玄関で、文化省の係官と会うことになっていたので、もう少し遺跡に近づいておくと、待ちが減り、都合がよい。そこにも温泉があるとベラが言うので、「赤い救急車」に乗り込んで、バナナやチーズやパンを求めて移動することにした。一時間程さらに王家の谷をドライブすると、映画の西部劇に登場してくるような年代物の町にたどり着いた。

どうやらそこが、一日一便だけのマチュピチュ鉄道の終着駅らしく、枕木の終点から町が始まっていた。正午に到着した列車がクスコに帰ると、プラットホームに面した町の中心街のそこかしこで、酒盛りが昼間から始められていた。傍で野犬が首を回して、どのごちそうからありつこうかと物色している様子だった。

「赤い救急車」が到着した時には、町のほとんどの人がプラットホームに出て談話していた。くつろいでいた町にタイムスリップしたような光景だった。ハーモニカを吹く者、バーボン片手にギターを弾く者やケーナを吹く者などが思い思いのグループで仕事を忘れて鋭気を養っていた。ここが彼らの憩いの場なのだろう。

私も健康回復のお祝いと神殿が借りられる契約の前祝に彼らの仲間に加わりたい気分だったが、「果物だけよ」とベラが言うので、祝杯はフェルナンドたちが釈放されてからにしようと思い直し、マンゴジュースとバナナをお店で買って「赤い救急車」に戻るまで、しばらく町を散歩した。途中の道々でインカの末裔たちの住む家族のだんらんが見え隠れする家々の明かりを見ながら、家屋を眺めて歩いた。山の霊気にすっぽり包まれて、時間の止まったかの風景のこの町も、やがて大勢の観光客が訪れて栄えるようになると、町のありさまも厚化粧に変えるのだろう。今のままの、素朴で飾り気のない木と土で、手づくりの町が変貌する前に、われわれがどこから来たのかを伝える集落の自然な暮らしを、目にも心にも焼き付けたいと、遠回りの散歩を続けながら、今夜の家路に向かい、昨夜とは別の温泉を体験して、ベラと一緒のテントで眠ることになった。

その夜は、気力がみなぎり、父親や夫である自分にふたをしたまま、〈妻よ、目をつむれ！……〉とつぶやき、一人の男になって自然な気持ちで人間同士の温かい心を、ベラと二人で分かち合うことを私は望んだ。やはり呼吸を重ね合わせ、射精を必要としない交わりでお互いをいたわり合った。

翌朝は、再び温泉浴してから、ゆったりとした満ち足りた気分で、いよいよインカ最後の王とマスターが存在していたハインヤの故郷、マチュピチュ神殿に足を踏み入れる時を迎えた。

私とベラを乗せた赤いスポーツカーはふもとのアグアスカリエンテからジグザグに

道を走り抜け、正午きっかりに遺跡の入り口に到着した。すでにペルー政府の公用車が到着していて、その後部座席にいた、ジミーと名乗る軍服を着た背丈のある高官が車から降りて、ベラに直立して挨拶した後で、私と握手を交わすために助手席のドアを開けた。

ベラの父は退役軍人らしいが、今でも閣下と呼ばれ、国権の何らかの役割を担っているらしかった。そうした理由からか、彼らは私に好意を持って接してくれた。

クスコからジミーの他二名の係官が現地確認に来ていたので、われわれはそれぞれと握手を交わしてから真っすぐ歩いて、王女の宮殿から水くみ場を通って、やっと人、一人が通れる石組みのせまい道を抜けて、観覧席のある広場の前に出た。

「当日の歩行ルートはこの道を使用してください」とジミーは、サングラスを外してからベラに告げた。

ベラが私の顔を見たので、うなずいて合意の合図を出した。

私は神殿の使用が認められたことで満足していたので、遺跡を傷つけたりしないよう万全の注意を払うことや提示される条件をすべて承諾する旨を伝え、約束した。

他に当日は、遺跡の中に食事を持ち込まないことや、遺跡から退去する時の後片付《あとかたづ》けの責任や、三名の管理係が前日から常駐すること、さらに千五百名を上限に入場制限することなどが書かれた文化省の用意した合意書にサインして、ベラが準備してくれた二〇〇〇ドルと引き換えに承諾書を渡してもらうことができた。

その後で遺跡全体を案内してもらったのだが、言葉にできぬ驚きを感じて、石垣の崩れた小屋の岩場に登ってマチュピチュの遺跡全体を見渡したその時、懐かしさをもって出迎えられているような歓声がどこからか聞こえて、鳥肌が立ち、身の毛がよだった。腹の中から、この地に足を踏み入れた喜びが広がったように感じた。

きっと私も、過去に戦士だった日があり、インカに縁のある人間だと思って、管理官にインカに生きた人々の消息を尋ねてみた。

「マチュピチュに住んでいた人たちのその後の消跡はご存知ですか?」

「疫病など食物や薬草が栽培できない事情が生じたのでしょうか、それとも王の魂の指図に従ったのか、百年程前にこつぜんと姿を消しました」

「一説には山麓のアシアンインカ族やカンパス族と合流して、ペルーからアマゾン一帯に新しいインディオの文明を育て、一部は北米にまで移動したとの説も有力ですが、彼らは外界との交流を望まず、ジャングルの奥深くに住むことを選んで、謎の生活を選択したとも考えられています」

いくつかの説はあるのだが、今でも彼らの文明はどこかで必ず受け継がれている思いがして、「彼らが残した文明は今も引き継がれて生きているのですか？」と尋ねてみた。

「もちろんですよ。彼らが歴史の表舞台から消えたとしても、現存するすべてのインディオが、インカの智恵と伝統を受け継いで生きています。医療にも暦にも栽培技術にもすべてです。何せここは、インカの王や王子や王家の精神世界を象徴するシャーマンたちの都だった所ですから、今も昔もアメリカ大陸の歴史上の最重要拠点です」

ジミーは自分の生まれ育った伝統文化に誇りを持っていることを、私に判るように伝えて、プライド高く教えてくれるので、

「そうなんですね。私は今も機能している神秘のこの場所から、世界に散らばっている、ハインヤの伝統を保持して治療行為をしているシャーマンたちにこの神殿に集まってもらい、シャーマニズムの伝統を後世に残す会議を実現したいのです。それから、世界にとってハインヤの祈りと伝統は何ら危険なものではない、むしろ、なくてはならぬ古代アメリカ先住民から引き継がれている伝承医療であり、人類が永遠に残すべ

き貴重な文化だと証明することに協力したいのです。なぜなら、私の仲間が、ハインヤは麻薬だと嫌疑をかけられ、獄中に囚われているのですから。彼らの釈放のためにもシャーマニズムの世界会議をここで成功させたいのです」と訴えた。

さらに、「太陽を崇めて生きてきた『賢者の歴史』を解明して、世界にインカの栄光を伝える仕事がしたいのです」と彼の目を見つめながら伝えると、

「そりゃ、国を挙げて応援しますよ。アマゾンはもちろん、ペルー、ボリビア、ベネズエラ、コロンビア、メキシコなど中南米全域の民族の存在理由が問われかねない問題です」と言って、ベラから受け取っていた二〇〇〇ドルを彼女に返金してくれたのだった。

「話を聞いてしまったのですから、この金は受け取れない。後々、俺たちの忠誠心が問われるので、仲間には私から話しますから。むしろ、私たちがやらなければならない仕事ですので」とジミーは言って、同行の二人にも同意を求めるよう、すぐさま説得し始めた。

そこで、私も何か手伝いたくなり、ベラにフェルナンドが囚われている拘置所に、すぐさま電話をつなぐ提案をした。彼に直接このことを話せたら、より真実が伝わり、

ジミーが仲間への説明も容易になるだろう。フェルナンドも元気になるに違いないと思ったのだ。彼女に、ジミーが持っていた肩掛け式の移動電話を使って山頂からチャレンジするよう頼んだ。

しばらくして、あろうことか電話がマドリードの拘置所に通じて、直接フェルナンドが電話口に出てくることになった。ペルー政府遺跡管理官が、マチュピチュ神殿での世界シャーマン会議の使用許可証の発給にあたり、拘置理由に納得できぬシャーマンたちの意志の確認のため、直接フェルナンドと話がしたいというので、電話口に出してほしいと拘置所責任者に伝えた結果の出来事だった。

おそらくは、彼らシャーマンの釈放がすでに決まっている状況を、われわれに内々で知らせる目的で願いを聞き入れてくれたのかもしれぬが、さすがにこのときには、世界を動かすインカの秘められたパワーに驚かざるを得なかった。

「ハーイ！　フェルナンド。どうしていますか？　囚人となっている感想を伝えてください。われわれ壁の外に生きる者も囚人のような世界に生きているのかもしれないが、まずは貴殿の真実の言葉で体験を伝えてよ、プリーズ」とジョークまじりに尋ねてみた。

「女房に会わせてよ、ＡＫＩＲＡ」が彼の第一声だった。そして、「アントニアに会えるようにしてくれ。だから、ここを出ても今、日本に行けなくなるので許してよ。これからは彼女の傍にいてやりたいんだ。だから、われわれ以外の誰かを選んでパドリーニョ来日の準備を進めてよ、今すぐに」と頼んでくる。

「誰が代わりの適任者だ？」と尋ねると「シャーマン、テテオとゼゴンはどうだろうか？　チコも農場をこれ以上、放りっぱなしにはできない」と伝えて言う。

「ゼゴンはジョークの多いやつだが、ああ見えても子どもの頃から『聖餐』をつくる仕事にかかわってきた筋金入りのシャーマンだ。重要な責任を任せられる男だ」と推薦してきた。

「よし判った。今からマドリードに戻って、君の釈放を実現する。もう少しの辛抱だ」と言って、電話をジミーに代わった。

「遺跡管理官のジミーだ。あなたたちは囚人ではなく、神聖なパワープラントの伝統を守るインカの代理人だ。語り部として精神世界を代表する仕事を果たしてください。近々、マチュピチュにお迎えしますので、よろしく」と短く伝えて電話を終えた。

私はとてもうれしい気持ちになり、ジミーに握手を求め、長身の彼に抱きついた。

同行の太っ腹と小男の二人の係官にも握手して感謝の抱擁を求めた。それから、両手を広げて、ありったけの真心でベラをまた抱きしめて歓喜に酔いしれる思いだった。

これで、囚われの身になっている人たちの、救出のめどは立った。また、サミットの具体化としての私のミッションである、日本からアマゾンの人たちと連帯した目覚めの儀式を世界に届けるという仕事も再起動できるだろう。これら神殿での出来事は、祈りとは行動を伴って立証されていく愛と正義の証しだと、私は事実をもって教えられたのだった。

ジミーと別れる時、私はシャーマン、テテオとゼゴンの二人にも彼の電話を借りて連絡を取り、私たちと一緒にスペイン経由で明日にも日本に行くよう要請して、承諾を得ることができた。私とベラは明日にはインカ古道を逆走して「赤い救急車」でアマゾンに向かい、彼らと合流を果たすだろう。今夜はインカ最後の夜となった。その夜、私たちはマチュピチュを去り難く、二人は神殿で夜を明かすことにした。

思い起こせば、一本の電話で十年ぶりの再会を果たした私の願いをすべて受け入れて、看護までしてくれたベラの協力で事態を好転させることができた。無言で彼女の肩を引き寄せ、体を寄せ合い、主神殿のある神聖な広場の月明かりの下でイナリオを歌い肩を抱いて踊り始めた。

するると、聞き覚えのある三十番の聖歌がインカの王が安置されている岩山から私の耳に届くように聴こえてきた。

リズムに合わせて、バイラードを舞う私たちに、

「柔らかく、もっと柔らかく、誰かを傷つけたりしないように、注意を払ってステップを踏むんだよ」と私を導く黒人の聖者の声がした。

「君たちの仕事ぶりを気にいらない者や不平を言いたてる者がいても、君は巻き込まれちゃいけないよ。人が、人生を懸けて生きる仕事を始めたら不平を言う暇なんてない。命懸けで成し遂げることが君の人生なんだから、信仰は人を真実の人間に変えるんだ。君たちは神の名を口にするのだから、必ずその価値を備えないといけない。なぜかと言うと、人間は誰も何も知らない存在だから。それが人間の定めだ。けもののままなんだ。だから生きて、真実を探して、自分らしい価値を備えた人間になるのが君たちの悟りだよ」

声のする方向に向かって天を見上げた。

星空に弓張月が受け皿の形で大きく浮かんでいた。

〈どうか私に黒い聖者に感謝するお別れの挨拶を続けさせてください。もう一度、顔を見せてください〉とクレッセントな月に願いを懸け、目を閉じてから月をもう一度見た。すると、受け皿の月の上にマスターの顔が映り、それが大きくふくらんで月の上から語りかけてくれた。

「君に引き継がれたインディオの信仰が、世界の始まりの国から私のイナリオとなって強い人間愛を示すように働いておくれ。その努力が人類を救う道筋となり、希望となって世界に愛と平和が届けられるように。それが私の願いだよ。きっと覚えておいておくれ。君が消え、君の魂が受け継がれるこの世をつくる使命のことを……」

このときの予言者からの心に響く月からのメッセージを聞いて、その言葉が聖歌の歌声のように、私の心を震わせて神のリズムを腹に響かせた。

「私が消えたとき、すべてが一つになる絆で結ばれる人類をつくる……」

それは、シャーマンとして生きていた時の、遠い記憶の彼方に住んでいる一族との約束であった。一族の兄弟愛を生きる誓いの言葉でもあった。私の心臓の鼓動が儀式の始まりを告げる太鼓のリズムのように高鳴った。

夜になって、その魔法のような瞬間に到達できたのは、やはり偉大な植物の精霊の力に導かれたからであろうか、それを生み出す力こそが、昔からインカの人々が伝承してきた祈りの真髄だと思われた。とにかく、ここには神聖な生命力が今も働き、鎮まっていた。昔の思い出を持つ山々と峰にあるインカの人々の石積群には、力強さと博識さを携えて、今も生き続けている真実の知恵の気迫が漂っていた。彼らの石組の技術と精神性の高貴さは、侵略者の破壊さえ許さない気高さが込められている。この祖先の精神性を宿す石組の魂が、その意識と呼吸を伝えて、神と共に生きてきた、誇り高いインカの記憶を私によみがえらせたのだ。

その時突然に、インカの王の魂をヴァイナピチュと呼ばれる〈昔の宮殿に招待します〉と私の口がつぶやいた。すると瞬間、遠くの空からコンドルが飛来して眼前の岩山の頂に止まって羽を収めた。極度の静けさを切り裂いて〈今、私は創造主の前にいる〉、そんな思いがして、永久的なものに祈りを捧げ続けている、見えない存在が私に寄り添った、厳粛な気持ちがしてきた。王も聖職者もそこにいるように感じた。生きることとの深い意味を伝えようとする神聖な響きがしていた。僧たちは注意深く、それをどうやって取り扱うのかを神殿に奏上しているようだった。許しと平和をこの地上に実現する使者の儀式をどのように執り行うか、それを人類にどう伝えるか、宮殿の広場に私を導いていき、その使命に気づかせる儀式に私を遭遇させたのだ。

〈あ、何かが起こる〉と思った瞬間、一つの目的に向かって多くの命が捧げられていたインカの民の大いなる愛が私と一体化することを望み、そのエネルギーの偉大さに圧倒されて、感激のあまり私は意識を失い膝をついて地面にひれ伏し涙したが、神官たちの影法師が私に乗り移り、まばゆい光で心を満たしてくれた。その光が瞬間放射状に爆発したかと思うと、私の心に天の声を轟かせた。

——真実の鍵を見つけた者に使命が託された。光とともにある強い王子よ、立ち上がれ!

忘れられぬ瞬間であった。

やがて、インカの主護神たちの影は言葉だけを残し、太陽の峰から吹き抜ける風に乗って天空に舞い上がって消えていった。

（十三）

マチュピチュ神殿の石積みの小屋で明かした一夜は、とても意義深い夜だった。私とベラが天を見上げてインカの守護神たちを見送った時のことだった。天から聖歌が降りてきて、私たちの心を天とつなぎ、そこに記憶されていた永遠の愛を私たちに伝えてくれた。

母が残した一滴の涙の意味を知る者よ
この世界は愛を知らない人で満ちている
この世界は愛を行わない人でいっぱいだ
涙は涸《か》れても尽きても湧き続ける悲しみ
この世界にあなたを残して去り行く涙
私は太陽に祈り息子や娘を見守る

私は鳥になってあなたに平和の道を伝える
私は月になって迷《まよ》い子に正義の道を示す
私は花の精霊ともなって古の教えをかぐわせる
私は霊となってあなたを守り続けている
さあ祈りの奥深くで結ばれた絆が約束を果たす
あなたの思いどおりの人生が
あなたの無私が人類を救うとき

涙にむせび、私たち二人は同時に同じ神の聖歌を拝受した。体が小刻みに震え、身体から白い湯気が出て、私たちを取りまいた。夢中になって繰り返し聖歌を唱い続け、何事にもひるむことなく、祈り続けた私たちだった。まるで五百年前にも、そうしながら死んでいった記憶のエーテル体に包まれて、遠い昔の魂の中から、インカに生きた日々がよみがえってきて、今世でも兄弟して人類の覚醒に献身できる私の身の上の幸福を知らせる聖歌の調べが鳴り止まなかった。

あれから五百年がたち、今でも人が人を信じられない時代が洋の東西で続いている。

人間の文明が文化を壊し、平和さえ実現できない人間たちがこの世界を支配している。祈りこそが人間を清らかに、病から回復させる。人間を祈りと覚醒に導くパワープラントの伝承文化が人類を救う鍵であり、道筋だと、私はマチュピチュ神殿ではっきり理解したのだ。このわたしの悟りを、シャーマン会議で確認し合えれば、それはシャーマン全体の悟りともなって広がり、必ずや滅亡の道をたどる人類に気づきの波動となって新文明の波が広がるだろう。

この仕事の意味を理解できた今こそ、アマゾンの女神に導かれて、務めを果たすため帰国して、リオ宣言の実践を日本から始める時が来たと私は確信したのだ。

それは、この瞬間だけでなく毎日どの瞬間でも、天に太陽があり、星があるように、私たちを生み出した創造主のゆるぎない愛と信念の迷いなき生命を生きる今をインカの神から与えられ命じられた瞬間だった。

正義を伝えるために霊となっても働くインカの守護神こそ、アマゾンの森の本当の守り手だと確認できた。夜が明けていく遺跡での帰路、蛇がくねっているようなウルバンバ河の渓流の沢鳴りが聞こえる遺跡の道で、朝陽が峰々の岩山に反射して遺跡を照らし、その広場が栄光におおわれたインカの太陽神の祭壇の場所だったと私に気づかせた。

昨夜は、時空を超えて祈りを捧げるインカの人たちの霊と、この広場で儀式をしたのだ。太陽を崇める家族である王や神官と共に、祈りを捧げる光栄な出来事に立ち会えたのだ。彼らは多くを語らず、生きている時も死の後も、アマゾンの森を守っている英霊だと私に知らせてきた。天の玉座からわれわれ人類を見守っている守護神と出会えた歓びで、私の人生のすべてが理解できた思いがした。ここで限りない次元の世界に生きる力を授与された私たちは、山々の峰に反射し合って立ち昇る光の十字架に見送られて、胸いっぱいの感動を胸にしてベラの赤い車に乗車したのだった。

私たちの「赤い救急車」は王家の谷へ向かう道を逆走して、その日のうちに、分岐道のあるインカ古道まで十時間でブラジル国境に帰り着いた。そしてすぐに、あの市街戦のあったリオ・ブランコの空港に車を向かわせた。そこからシャーマン・テテオとセゴンとが合流してきて、新しいミッションを再起動させる戦士の旅を始めるためだった。

国境から陸路でさらに二時間ほど走ると、町一番の五ツ星ホテル「ＰＵＮＥＵ」の前で、ベラは車を停車させた。チェック・インの後で判ったのだが、由緒あるこのホテルはベラの伯父が経営する、ペルーとアマゾンの交易の拠点となっているホテルだった。

温かいシャワーの後で夕食に現れたベラと、食堂で向かい合って座った私は、

「もうすぐお別れの時が来るのだが……」と気まずく言って言葉をのんだ。

黙したまま愛惜の情に浸っていると、

「え、なぜ?」

ベラが驚いた表情で私に言葉を返す。

「私も日本に連れてってよ! 昨夜マチュピチュ神殿で、私は決めたのよ」

突然の申し出に私は驚いた。彼女の表情は真剣だった。

それがベラの希望なら、今度は私に彼女の希望をかなえる責任がある。それが彼女の真心に応える私の愛だと心は知っていた。

「この先、私たちのミッションがどう展開していくのか、人ごとじゃないわ。無関係じゃなく、私たちは兄弟よ、知ってしまったのよ。わたしが生きる仕事の意味が理解できたのだから……」

「ここでなら、車を放置して日本に行けるわ。車は伯父に預けるわ。これからもＡＫ

ＩＲＡとのミッションを続けることが、インカの末裔としての私たちの務めです。インカの末裔としての自分の生き方を貫きたいのよ、あなたの家庭をこわしたりしないから私を日本に連れて行って！」

太く濃い眉を吊り上げベラは私に同意を求めた。ベラの気持ちを理解した私が、

「よし判った。じゃあ、君も一緒に日本に行くことに賛成だ。皆がそろったら森の女神の許しを得て、戦士のミッションとして出発しよう」と言って合意した。

内心、私の心もそれを受け入れて、大いなる祝福に感謝している心を見届けていた。

そうこうしているうちに、「眼光鋭い医者らしい男」、あのテテオが古めかしいボストンバッグを片手にリュックサックを背負って、ホテルの食堂に坊主頭で現れた。

つい今しがた、上陸したばかりなのか、キョロキョロと場違いな思いで、周りを見回している痩せっぽちの彼が、私を見つけると、ほほ笑んで近寄ってきた。

再会を喜んで握手を交わすと、彼が日本に行く決意を伝えてくれた。

「フェルナンドの代わりに日本に行けるのは光栄だね。私の祖母も喜んでくれている。アマゾンが地球の裏側の国と協力して仕事ができるようになると、世界は変わるとバアちゃんが言っている。生涯の友達になって帰ってこいと送り出してくれたんだよ」

と言ってリュックを降ろして、私の隣の椅子に腰掛けた。

使命の旅を喜ぶテテオが席に着いたので、対面するベラを彼に、

「同志、ベラです」と紹介した。

テテオが背筋をやや伸ばして自己紹介したのを受けて、ベラが言った。

「われわれはチコやフェルナンドが果たせなかった仕事をやり遂げ、パドリーニョを日本に迎えて、日本から人類を目覚めに導く使命を持って、インカの伝承であるアマゾンの祈りの歌声を上げるのよ。それが私たちのミッションでしょう。そうね、AKIRA」と、このミッションの目的を念押しした後で、用意された簡単な夜食をアペリテフにして、赤ワインで乾杯した。この夜、ジュラミダンの戦士たちは「サルーテ」の歓声を三度あげてから、割り当てられた各自の部屋に戻って静かに眠りについた。

朝食の時間にはセゴンも到着していて、四人でテーブルを囲み、羊のミルクで戦士の乾杯ができた。

「VIVA！」

サルーテは社交的な乾杯で「VIVA」は戦士の乾杯だとセゴンが言うので、われわれはVIVAの歓声でミッションの再起動を祝った。

その朝は、久々にたくさんの種類のフルーツやチーズが並んだトロピカルな朝食をとり、皆でコーヒーをすすっていると、テテオが言葉にして彼の決意を改めて語った。

「西暦二〇一二年の人類の危機を、日本から智恵の風を起こして、破壊のエネルギーを熱帯雨林の保護に方針転換させるための人類の目覚めをつくるのが、俺たちのミッションだからな……」

その言葉を受けて、セゴンが言葉少なく「森の女神ジュラミダンに身を捧げて、始まりの扉を開こう」と述べた。

ベラは、「AKIRAを助けてミッションの成就の日まで共に働くわ」と彼女の決意を伝えてくれた。

皆の決意を受け取れて幸せな私が、「今朝はまず、兄弟を励ますため、この食事の後でアントニアを見舞いに行ってから飛行場に向かおう。仲間の一人の命も救えなくて人類を救う仕事はできない。心と言葉を一致させて、兄弟として真心で生きる誓いを立てよう。そのためならば死も怖くない。家族と友達を支えるためなら、炎火の中にも凍った水の中にも飛び込める、これが日本人の心構えの教えだが、今では多くの日本人が忘れているので希望の祈りでこの愛を伝えようと思う」

私はそのように述べて、ジュラミダンのオリエント戦士の結団を宣言し、他の三人も右手を突き上げ、左手を心の位置において、愛と努力を誓い合った手を重ね合わせて天を破る気迫で誓いを捧げた。

「VIVA!」

出発の決意が天に轟いて準備が整った。それから、ホテルが用意してくれたワゴン車に乗って三時間程でサパチニという部落に着き、ここで手漕ぎカヌーに乗り換えて、バウデテの診察所に私たちは向かった。

浅瀬にカヌーを停め、密林に分け入ると、小路が刈り込まれた診察所の入り口にたどり着いた。ちょうど運よく、女性の治療師に抱きかかえられて、一歩ずつゆっくり歩いていたアントニアが施術室に向かうところだった。

彼女の躰は痩せて、眼孔は落ち込み黒ずんで、まるで、私の知る彼女とは別人のようだったが、それでも、私を見つけた顔からは笑顔がこぼれて眼光が光った。

ちょうど彼女は森のエナジーと一体となって治癒力を高める施術を受けるため、四隅を板塀に囲まれた治療室に行くところだったが、私に近寄り、何か必死な底力で私を抱きしめて泣き崩れた。そのときキラリと光った彼女の涙を見て、躰は痩せ細っていても、意識は天界とつながった祈りの真心で私を祝福してくれたと感じた。私もまた彼女に無言で励ましの祈りを贈って天の助力を頼んだ。

やがて、背筋を伸ばした彼女が白衣のパジャマのまま、バナナの葉がうず高く敷き詰められたベッドに包み込まれて寝そべると、巫女が薬草の煙が出ている、小さな壺が取りつけられた鎖を振って、彼女とその場を浄化して歩いて回った。すると、彼女が森の精霊に抱かれて、霊界の呪術師が彼女を治療できるように願いをこめた巫女たちの聖歌の美しい歌声が彼女を囲んで森中に木霊《こだま》した。鳥も木々も風も森中が唱和していて、女神が彼女に光りをもたらすように祈ってくれているのが判るのだった。

それから治療室に、伝承植物の花々が湯に浮かべられた盥《たらい》が運び込まれ、彼女が入浴して命を霊界に旅立たせる清めの儀式が始められた。それを見た私たち四人は、彼女の命が森の精霊の働きによって再びこの地上に送り返され、フェルナンドと再会して使命に生きることができるように、しばらくの間、皆で無言の祈りを彼女に捧げて黙した。

アントニアを友の祈りで見守り励ましてから、見舞いを済ませた私たち四名のミッショナリオは、お互いの心を清め合った思いで森の戦士の旅に出発することができた。

今朝来た道を引き返し、飛行場に向かい、急ぎ夕刻の便でマドリードに旅立つのだ。国際線は途中でサンパウロで乗り換えるため、マドリード到着は翌朝になるだろう。それでも、今回の旅にベラが加わってくれたおかげで、私はあれこれ気遣いして気持ちを乱されることもなく、朝まで日本での準備に専念できた。

ベラが会計を担い、テテオが交渉係を引き受けてくれ、その他の心配は、セゴンがすべて引き受けてくれるので、私はただ意識を集中して、この旅が気力みなぎるミッションの旅となるように祈り続けて飛行機に乗り込んだ。

翌朝は、御来光を機内の窓から拝んで、機内食を済ませると、少しの間を置いてマドリードの空港にジャンボ機は到着した。白髪混じりの髪を七・三に分けた屈強な農夫のホゼ・マリアが奥さんのアリシアと一緒に、私たちを再び出迎えてくれたのは、ありがたい友情の絆の証しだった。

やはり、オリーブ組合のワゴン車に乗り込んで、和やかな会話を交わして不在中の出来事を話し合い、ドクトル・カコの弁護士事務所に難なく車を走らせることができた。相変わらず地味な縞模様のネクタイをしていて、白いシャツに黄色いカフス飾りを袖口につけ、紺のサマースーツをダンディーに着こなしたカコ弁護士が、事務所でわれわれを待ち受け、再会を喜んでくれた。

彼がコーヒーを勧めてくれ、私たちがそれをすする間に、この一週間の出来事について、簡単な報告を彼がしてくれた。

「いかに釈放のタイミングを上手に捉えるかということが、今の警察の課題です。検察は政治的な逮捕を認めたくないとの理由から、シャーマンたちにも釈明会見を認め、全ヨーロッパに会見を放映することで、彼らの人権は保障されているという認識を世界に示したうえで、幕引きをはかりたい考えだ」

弁護士としての見解を説明してくれたドクターカコに、

「私が、あまり政府の謝罪を求めることにこだわらないように、とおっしゃりたいのですね？」と彼の目を真っすぐ見て本心を伝えると、
自信ありげな彼の心を読んで尋ねる私に、

「いかにも」と答え、「拘置期限の延長申請をせず、最大五十五日の範囲で彼らの釈放が実現するが、同意してくれますか？」と私に尋ねるので、

「今すぐフェルナンドの了解を取るため拘置所に電話してください。私は、今夜、日本に向かうので、今後はホゼを、私の代理人として後始末の交渉事にあたってもらい

ます。お互い連絡を密にして、フェルナンドとチコの身柄がアマゾンに早く帰れるように協力しましょう」と素直に気持ちを伝えた。

そこで、弁護士カコはすぐに彼の秘書を呼び、拘置所に電話をさせ、フェルナンドを電話口に呼び出して電話をつながせた。

電話が通じるまでの間、私は日本に行くミッションのチームメートを紹介して、その間にマチュピチュでの出来事などを話して、日本での受け入れ先の準備などに着手した。

やがて電話がつながり、弁護士は彼の了解を取りつけるために大声で電話機に向かい、早期釈放の段取りについて説明して、彼に同意を求めた。

その後、カコが私に電話機を渡すので、

「ヤイ！　オリのなかで学んだことを私に伝えろ。アントニアにも伝えてやるから。彼女は大丈夫だったぞ！」

と電話機に向かって乱暴に怒鳴ると、しばらくの沈黙の後で、ボソボソとフェルナンドが湿った声で、力なく語り始めた。

「耐えられないほどの苦痛じゃなかったが、夜中に目を覚まして、家族と会えない自分の今の身分に気づく毎日だ。無関心で従順に生きている人と、不自由でも正義を生きようとしている者の意味の違いを今の社会の構造が区別できないことに傷つく毎日の連続だった」と言い、少しとぎれて再び語った。

「われわれを監視し、凶悪性のある囚人として扱う社会のシステムに同調できないから、とてもつらい強要を毎日強いられた。ジャングルで生きてきた人間にとって、強権文化のなかで生きるのはとてもつらい。自然界の意志に自分をゆだねる森の文化には、仲間への裏切りや、愛のない強制はない。自由な意志を尊び合って生きるのが森に生きる者の心の定めだ。俺たちにとって、神の意志と隣人愛がすべてなんだ。だからこそ、死をも恐れず、人は愛に命を捧げられる。それが南米の密林に育った者の心の文化なんだ」と私に教えるように話してくれた。

そんな彼の訴えかける体験談を聞いていて私は思った。

もう一度、世界が一つになるためには、森を育て植物に囲まれた環境をつくると同時に、それぞれの国民の、誰一人も不幸にしない国の聡明な仕組みと、人間存在の在り方の共通認識が必要だと思われた。それが本当の人間関係をつくり、友情の輪が基盤となる社会が生まれるのだと。

成功の鍵は、やはりハインヤの祈りに秘められた森に生きている命の文化に、人間が触れることだと思う。あのアマゾンの神秘的な祈りの中で、黒人の聖者が言っていた兄弟愛の真実を貫いて生きること、それが競争社会で育てられたわれわれが、自然界の摂理に目覚めて生きる知恵を学ぶ方法ではないだろうか。私たち人間がその宝に触れ、それを鍵として使いこなし「人間の絆」を再構築できるまで成長する以外、殺し合いの続く過去の魂の呪縛から人間は解放されないだろう。

われわれの生きている社会において、刑務所に囚人があふれ、自殺者が後を絶たず、先を競って精神科の病院に患者があふれる管理社会は、もう不必要なのだ。森を壊した後に、人間を監視カメラを張り巡らせた、見えない檻に入れて従順を求める社会。そこに、心の灯りだけを頼りに、人類の新しい文明の扉を開こうとするのだから、私たちにどこまでのことができるかは判らない。しかし、やるしかないのだ。

命の尊厳を欲望の犠牲にする人類の不正義を改めるため、森の女神の加護のもと、少しでも良い結果に導かれることを祈り、いよいよわれわれのミッションは、東の果ての国から世界に押し返す祈りの波を起こそうと、私の故郷・日本に旅立つ日が訪れたのだった。

（十四）

性急な依頼であったが、私の知人である東京の出版社の社長宛てに、カコの事務所から電話を入れた。翌日の出迎えと「アマゾンの祈り」の案内を、彼の友人や知人である「先生」と呼ばれる人たちに伝える仕事を頼んで了解を得た私であった。

確かに日本の戦後教育には問題はあるが、「先生」と呼ばれることを受け入れた人たちは皆、人類の教育者である自覚が必要だ。今の日本では、「先生」と呼ばれている人たちにしっかりしていただかないと、多くの人たちが自己保身と欺瞞に慣れ、人ごとは適当な関心を装うだけでかかわらぬと決め込んでしまう。

「先生」が体面をつくろい、真実を軽んじるなら、人を迷わせて、だまし合う世の中が日常茶飯事となってしまう。だから「先生」には自信を持って真理を示せる人になっていただきたく、一日も早く目覚めていただく必要のある人たちだと思い、縁のある人に案内状のＦＡＸを依頼した。

そうした理由で、シャーマンの来日という、この機会を役立たせる日本での最初のキーマンとして、私は親交のある出版社の社長である深谷氏に「アマゾンの祈り」のコーディネーターをお願いしていたのだった。

彼は善人で優しい性格の知識人であったから、その真心が信じられる人物だ。そしてその彼が、数年前から私にゴーストライターをつけるから、私の活動の本を出版させてほしいと依頼していた。

ところが、私は有名になりたいという私欲もなく、「いずれ息子たちのためにでも書く必要が生じたときにしましょう」と出版の話は先延ばしにして、ご勘弁を頂いていたのだが、彼なら義心もあって、それが世界のために善き事だと判れば応えてくれると思い、相談の手紙をアマゾンから送っていた。

「僕の友人や知人に三十名程、声をかけました。アマゾンの儀式とやらの日程が決まればお知らせください」と一時帰国した時にも、丁寧な返事を頂いていたのだった。

そこで今回、スペインをたつ前に電話をして、急な依頼ではあるが、週末の開催を知らせてもらう了解を彼から得たのだった。

ちょうど夕刻に成田に着いて、私たち四名が到着ロビーに現れると、帽子を高々と揚げて「ＡＫＩＲＡさーん！」と私の名を呼びながら近寄って来る、いかにも世話好きで人の良さそうな初老の人が深谷氏だった。

すぐに皆を順に紹介した後、彼に連れられ空港を出ると、彼の会社名の記されたワゴン車が私たちの列に横づけして運転手の若い背の高い男性が車から降りてきた。

私たちに挨拶すると全員の荷物を後部スペースに出積みしてから、最後部のドアを素早く閉めた。私たちが深谷氏に促されて後部座席の二列に着席すると、ワゴン車は音もなく発車して都心に向かって走り出した。

助手席に陣取る深谷氏が後ろをふり返って、

「いろいろ大変な思いをなさったようで、お疲れ様でしたね」と事情を知ってか、労をねぎらってくださったので、

「いつものことで、男の仕事は大変ですが、晴ればれとした日のために、がんばります」と返答してから、

「お世話を掛けますが、意義あるミッションが喜びとともに務められますように、これからご指導ください。お願いします」と、まずは帰国の挨拶を車中で交わした。

「いや、時代の旗手はいつのときもご苦労の多いもので……。お察し致しております

から、何事もお任せください」と快く受諾の意志を伝えてくださったのが、ありがたかった。

深谷社長の会社は、精神世界向けの雑誌の出版などを手掛け、日本の宗教界や文化、文人関係の学会などに幅広く人脈を持ち、社長個人としても、数多くの顧問なども務めておられるようで、今回お世話頂くには最適人者だと確信の持てる人物だった。

彼がナビゲートする青のワゴン車は一時間近くたって都心に着き、やがて「グランド・パーク」と金文字の看板のある大きなホテルの玄関にすべり込んだ。そこは、シャーマンたちの初来日にふさわしい、申し分のない設備や機能を備えた都心の高級ホテルだった。

全員が入室の手続きを済ませ、各自シャワーを浴びてロビーに集合すると、深谷氏が待ち受けていて、私たちは、ホテル横の坂道を上ったところにある鳥居の前まで連れていかれた。

「ここは日本の親神様が住んでおられるお社ですから、シャーマンの皆様のミッションの成功を一緒にお祈りさせてください」とのことだった。

ベラが私から英語で言葉を聞き取り、皆にポルトガル語で伝えた。それから、私たちは深谷氏の儀礼をまねて、鳥居をくぐり「大神宮」と書かれた神殿に参拝した。神聖なものに敬意を持って、皆で礼儀正しくお参りできた。何かしら凛とした風が吹き抜け、心のこもったお参りを日本の神様にできた後で、

「さあ、直会《なおらい》にしましょう」と声を張り上げて、私たちを神社の隣の料理屋に押し込んだ。

皆初めての日本酒と日本食でのスタートを喜んだ後、その日は早めにホテルに戻って、シャーマンたちは異国での最初の夜の眠りについた。多くの困難を乗り越えた後の帰国となった私は、誰かれかに感謝したい気持ちで感無量だった。

次の日の午前十一時には、迎えの青いワゴン車が、ホテルの玄関に横づけされた。服装を身ぎれいに整えた私たちは、必要なものだけを手荷物で持って、新しい航海にいよいよ船出する幸せな気持ちでワゴン車に乗り込んだ。

日本での最初のセレモニーの会場として、深谷氏が用意されたのは、青山にあるブラジル大使館近くの瞑想道場だった。きれいなビルの地下への階段をおりていって、木製の二重扉を開けると、百名ほどの人数が収容できる広間があった。そこは整頓され、掃除の行き届いた大広間だった。

真新しい畳の香りの中、気持ちの安らぐ大広間の真ん中にテーブルを置き、その上に私は白いシーツを掛けた。それから、その部屋の真ん中にアマゾンから持ってきた十字架を置いて祭壇をつくった。

横二本の十字架の下の一本は、私自身が背負う人生の十字架で、もう一本の上の十字架はキリストによる救済を意味していた。天と地で働く者の祈りを重ねる十字架であると、私は理解していた。南米は、侵略者たちによって、すべての人がキリスト教徒に改宗させられた歴史を背負っていたので、今度のフェルナンドたちの身に及んだ災難の、今も続くインカの歴史との因縁を強く感じていた。

私たちの祭壇には、十字架の他にベラの持っていたマリア像やゼゴンがアマゾンから持ってきたクリスタルやテテオの持参した、黒人の宣教師の写真も飾ることにした。ちょうど祭壇が完成した時には、三十名程の人たちが上半身を白いシャツや白いブラウス姿で参集していた。私は祭壇の正面に向かって二席の椅子を用意して、そこをセゴンとテテオの席とした。

私とベラは、畳に座布団を重ねて敷き対面して座り、私の横には深谷さんが、ベラの隣に家主の女性がテーブルをはさんで座布団に座り、男と女が対面するように並んだ。さらに後方は女性側と男性側に席を分けてアマゾンの習わしに従った。

「祈りの儀式」を始める前に、私がアマゾンで見聞してきたことをまず述べた。

「人間が元来持っていた能力を再び目覚めさせる儀式を、私はアマゾンで体験しました。現在も未来も過去も今ここにあることを、理解する能力を、本来、人間は持っていました。この伝承儀式では『聖なるお茶』と呼ばれる『聖餐』を飲んで、その働きを理解します。それは人間の精神と肉体にさまざまな作用を引き起こすので、アマゾンでは『神が宿る』と、その現象を表現して褒めたたえているものです」と簡単に説明したが、何かまだ言い足りない思いがして、

「このハインヤと呼ばれる『聖なるお茶』はインカ以前から南米で伝えられている熱帯雨林の文化であって、ブラジル政府が認めている伝承遺産ですが、近頃、合衆国薬務機関によって研究が進められ、幾つもの国際特許が申請されているほか、麻薬扱いを受け、それによってインディオたちの使用も認められないという、ばかげた歴史の錯乱が起こっています。私はあくまで南米に伝わる精神文化の紹介として、ここにご披露申し上げる次第です」

と説明を付け加えて、参加者たちの顔を見回すと、幾分不安げな表情をしている者

もいたので、さらに説明を加えることにした。

「この『聖餐《せいさん》』を飲んで吐き気や突然の下痢を起こす人は、トイレに駆け込んで用を足してください。何も恥じることではありません。また、躰がしびれて動けなくなる人がいるかもしれません。それも恐れずに自分を見守り続けてください。すべての出来事には意味があり、新しい地平に導くためにその人に必要なことが起こっていると理解して、インカの王家に伝わるアマゾンの祈りを心安らかに受け入れてください。インディオが神と崇める神聖な変化を、日常は決して識ることのできない局面から、人生を識る機会としてお役立てください。皆さまの心の鏡を磨き、無意識のほこりを取り除く機会として、私たちをお役立てください」と私の思いを告げた。

そのあとで、『思いつく説明は全部したよ』とテテオに視線を送ると、最初の説明はくどくなってもよいから、必要なことを忘れずに伝えられたか、よく考えろ、と再確認の合図を目線をつり上げて送ってきたので、

「それから、あなたの隣で誰かがうめいても、決してあなたが手を貸してはいけません。あなたは、あなた自身の探求にかかわる機会を逃さないでほしいのです。一人一人がまるで臨終の時を迎えたかのように、人生の締めくくりをしてくだされば素晴ら

しい理解に至ります。皆様が後世の解決を果たされた後で再びお会いしましょう。すべての人にとって良いように、われわれがここにいて見守り、助けになりますから、安心して、探求の旅を始めてください。最後の説明にしたいと思いますが、今から飲んでいただく飲み物は、皆さんの自由な意志で神との合一や身の浄化を求められて飲まれるもので、何ら強制されて、この場があるわけではないことを申し述べておきます」と伝えて、長い説明を締めくくった。

「それではグラスに注がれる『聖餐《せいさん》』を受け取るために、ご起立ください」と神聖なものを、座って受け取らずに起立して敬いの念を持って、受け取ることを勧めた。

「今から『聖餐《せいさん》』をお飲みいただくのですが、最初にアマゾンの祈りを伝えるわれわれがポルトガル語でお祈りをします。皆さんも心の内で自分の祈りをしてから共に始めましょう。あぁ……、そうでした。忘れていました。もう、一つだけ説明の必要がありました。この飲み物には、DMTと呼ばれる麻薬成分が含まれています。しかし、天然のものは唾液と混ざり、アミンというアミノ酸に体内で変化して、オシッコにもDMTは残りません。この不思議な変化も神の作用、生命の神秘として理解されています。また、仮にこの飲み物から麻薬成分の〈白い粉〉と同じ効果を得ようとすると、一人当たり四リットルを一挙に飲む必要があり、ブラジル政府の見解は麻薬に該当するものではなく、〝伝承遺産〟だというものです。また最近、スペインで起こった事件の調査から判ったことですが、ヨーロッパで販売されている野菜の十二種類にも、DMTが天然成分として含まれていることが判りました。もちろん、これらの野菜を販売禁止にするような処置がとられるはずはありません。古くから習慣として食している野菜や植物で、DMTを含むものでも、それが体内で人間に必要な栄養素に変わるため、取り締まりの対象となるべきものではない、むしろ大切な必須アミノ酸を体内に得るのですから健康になります。以上、初めての日本での紹介事でもあるので、説明を詳しくさせていただきました」と告げて、全員で合掌してお祈りを捧げてから「聖餐《せいさん》」を飲むように勧めました。

それを飲み終えた者は元の席に戻り、期待と不安を持って、次に起こることを静かに待ち受ける様子でした。

「聖餐《せいさん》を受け取られる方々は、神様を頂くという畏敬の念を持ってお飲みください。お酒ではありませんので、祈りをこめて……」と言う、私の言葉のあと、テテオがビオロンを奏で、ゼゴンがマラカスでリズムを取り、四人は音程を合わせてアマゾンのイナリオを歌い出したのです。

もちろん、私たち四人も儀式の最初に皆の前で神妙にハインヤを飲んで祈りの儀式を始めました。あのリオ・ブランコの黒い聖者の教会で最初に聴いた、心地良い調べを唱い続けることが私にもできたのです。

こうして、事もあろうか、異国の讃美歌を私が喜んで歌っているのが私自身でも不思議に思える、起こってしまった人生の現実となったのでした。

やがてわれに返って私の周囲を見渡すと、躰が動かせず、涙を流している者や、うめく者、はたまた嗚咽《おえつ》する者などが、私に助けを求めていて、会場の広間はさながら、野戦病院のようなありさまとなってしまっていた。私は急ぎ、男性たちを介抱して回り、ベラも女性たちを励ましていた。動けぬ者には、そっと毛布を掛け、嗚咽する者にはビニール袋やポリ容器など用意して、濡れタオルを渡して回り、それぞれの人にエネルギーを送って不安の解消に努めた。

祭壇の中央ではビオロンの音が美しい旋律を響かせ、皆に安らかな癒しを与え、マラカスの音は人々に勇気を与えるように力強さを増して会場の空気を振るわせた。

今日は初日でもあったので、この祈りはおよそ五時間で終了となったが、大勢の人が涙ながらに自分の人生をふり返ることができたと結果的に喜んでくれた。私は最後の一人が会場から立ち去るまで、参加者の傍を離れず皆を見守っていた。広間にいた全員が平常心に戻るのを見届けてから、会場から送り出したが、参加者全員が、おおむね満足して家路に着いたようであった。

明日も同じ会場で午後一時から開催する予定なので、祭壇はそのままにして、周りの掃除と後片付けをしてから、私たち四人はビルの最上階にある家主の部屋にお礼の挨拶に伺うことにした。

まずはお茶やジュースで一息ついた後、深谷氏が言われた。

「いや——、一時はどうなることかと慌てましたが、おかげで良い体験をさせていただきました」

こう告げてから、私たちの労をねぎらうように、一人一人と握手をしてくれた。

家主の女将も「さすがにアマゾンから来られた方々ですね、パワーが違いました。皆さんを見ただけで元気になれました」と感心されて、その女将の手料理で温かい家庭の味をプレゼントしていただいた。

食事の最中にはお女将から、アマゾンの森を守るための一助となれる良き提案も持っていると申し入れもあり、私たちは将来を喜んだ。いずれ、真心が形を取って現れるだろうと時を待つことにして、明日も良いミッションが果たせるようにと心の内で祈り、深谷氏の会社のワゴン車で、その夜は早々にホテルに引き上げることにした。車内で私たち四人は今日の反省として「聖餐《せいさん》」の量を明日から三分の一減らし、二杯目を求める人に限って残りの三分の一を差し上げることにして、日本とアマゾンの催行方法に区別をつけようと決めた。

現代の日本人はアマゾンの人たちより生体機能があまりに萎えていると思われたからだった。

（十五）

二日目の祈りには、初日の倍を超える人たちの参加があった。

正直言って、昨日があまりに強烈だったので、幾分逃げ去る人たちもいるだろうと心配していたが、予想に反して関心は高いようだった。

昨日の経験から私たちは「ハインヤ」の量を少なくするとともに、進行の途中にインターバルを設けて、ゆっくり落ち着いて自分の祈りに入っていける日本的な改良を儀式に加えることにした。

さらにテテオが言うには、参加者の家族の霊が救いを求めて集まって来ているとのことだったので、それらの霊を慰める祈りをインターバルに加えることにもした。

「ここ数年の間に亡くなられた、慰めの必要な親族や友人の霊があると思われる方は、その名前を紙に書いて祭壇の上に置いてください。インターバルの時間に、その方たちの魂が安らぐようなお祈りをしましょう」と呼びかけると、全員が名前を書く紙片を求めた。

参加された方の周りには、あまりに大勢の人たちが成仏できぬ旅立ちをしているようで、この日の祈りでは、多くの苦悩を抱え、秘められた深い悲しみを胸にして、日々の生活を営んでいる人たちに、私たち自身の内側をきれいにして天とつながり祈ることで、慰めの必要な霊に安らぎと感謝が訪れることを祈った。

二日目は初日の体験があったからか、参加者の多くが、落ち着いた信頼感のなかで自分への深い祈りを成就した日だった。

この日の反省点としては、女性が泣いたり自己解放できるスペースを確保する工夫としてシーツや布団や枕を用意しよう、と決めた。男女を問わず、安心して横になったり枕を叩いたり、抱きしめたりできるように、明日の最終日には、貸布団六十組の用意を頼んだ。各人の祈りが生きる喜びに変わる場所として深い癒しが必要だと思えたからであった。

それから、祈りをサポートするわれわれの側でも、儀式の後の入浴はホテルに備え付けられている強い香料の石鹸や化学薬品の入浴剤や歯磨きでは、霊と交信した後の精神的な回復に難がある。感性が鈍るとの意見が出て、自然食品店などで天然素材のものを探して買いそろえてもらうことを深谷氏にお願いした。

さらに、三日目の開始時間を一時間早め、正午集合とすることで、食事を取らずに祈りの時間をさらに一時間延長でき、参加者が深い目覚めの体験を持続できるように工夫した。

こうした準備を整えて迎えた最終日の三日目には、なんと、開始一時間前にはすでに百名を超える人々が白いシャツと白いブラウス姿で私たちの到着を待ち望んでいた。

そして、私たちの到着を待ち望んでいたのは、彼らだけではなかった。

驚いたことだったが、私の到着を待ち受けて私を取り囲む集団が、そこに現れたのだ。

「AKIRAさんですか?」

「はい」

「麻薬取締局の者です」

「え?……」

「捜査令状です」と言って、B5サイズに捜査令状と書かれた紙を私に見せたが、私の名前も住所も間違っていたので「これは私じゃないな。住所も名前も違っているから、令状を取り直して来るかい？」と指で紙面の間違いを示してから、正面の男の顔を見ると困った表情を現し、さらに険しさが増すので、「まあいいや、悪いことをしているわけじゃないから」と助け舟を出し、「で、どうしたの？」と尋ねた。

すると、安堵した表情に変わった男が言う。

「ご同行願いたい。それからハインヤも渡してください」と強い口調で言う。

「へえ——」と何が起こっているのか天の意志を見届けるように空を見上げ、ゆっくりと意識の焦点を私自信の胸の内に引き寄せ、どうしたものかと自問した。

それから周りを見回して躰を少し動かすと、私を取り囲んでいた人たちがいっせいに何がしか、躰が動いて、囲いの輪がわずかに縮まるのを見た。

「判りました。ハインヤを取りに行きましょう」と、そう言って、再び踵《きびす》を返そうとすると、私を取り囲む十名ほどの者どものほかにも、路地をふさぐ数名の者、さらに自家用車で待機している者、ほかにも参加者を装って路地に散らばる者どもが同じ険しい目つきと反応を示しているのが判った。

「ここはお祈りの会場です。何の間違いかは知らないが、大勢で会場に踏み込まれては皆が驚くので、貴殿だけ一緒に来てください。ほかの者はここで待機させてください」

そう言って責任者らしい、令状を私に見せた捜査官を私がにらむと、彼が何事かを部下に命じた。

私がお構いなしに彼たちの囲みを抜けて入り口に向かう階段に踏み出そうとすると、「危険物は所持していませんね」と尋ねて私の胸に触れる者がいたので、その手を払いのけて、

「私からすれば、君らの方が余程、危険物だね」と苦笑いして、責任者らしい捜査官を手招きして一緒に階段を降りた。

「今からお祈りをするので、これはアマゾンの伝承文化であり、宗教行為として続けさせていただきます」

そう言って広間に入る扉を開いたのだが、百人を超える参加者全員が白装束で祭壇を取り囲んで正座しているのが見えた。

その瞬間、何か神聖な雰囲気が扉を開けた途端にこちら側に流れ込んできて、捜査官を驚かせた様子だった。

そこで私は状況が彼にもわかるように、参加者全員に向かって言った。

「何か不都合が在ったようで、私は説明に出向きますが、皆さんは何も邪魔されず締めくくりの儀式にふさわしい祈りを存分に体験してください。今日の機会を逃がさないでください」と告げて、ベラのバッグから昨日使用した残りの「聖餐《せいさん》」の入ったポリ容器を取り出し、それを捜査官に渡そうとすると、不穏な空気を察した参加者の一人の中年男性が、床を叩いて大声で何かを叫んだ。

もしかすると、私より事情を知っている者がこの中に居るのかもしれないが、詮索より皆を安全に守り、祈りを貫徹することが大事だと思い、私は捜査官に向き直り「聖餐《せいさん》」を渡してから後手に広間の扉を閉めて彼に告げた。

「ここは祈りを捧げる場所ですから、皆が落ち着きを取り戻してから、ご一緒した方がよいと思いますので、しばらく階上でお待ちいただけませんか？」と丁寧に私は告げた。

彼は渡された五リットルのポリ容器を抱きかかえて、返答した。

「すぐに、このハインヤを検査に出しますので、私は先に戻りますが、あなたは皆さんが落ち着かれてから、目黒警察署の隣にあります、麻薬取締部に出頭してください」

そう言い残し、その場を立ち去るのであった。

彼が階段を昇りきり、その背中が見えなくなったのを見届けた後に、私は扉を開けて再び靴を脱いで道場の内に入った。その直前に捜査員の後ろ姿を見送っていた私は、日本の警察もずいぶん紳士的になったもんだと不思議な感心を覚えるのだった。

私は大広間に入って、自分の座るべき場所に向かい、一体どのように、この事態を納めるべきか、相手の判断を待つよりほかはないが、来日初の試練を何があっても素早く解決したい。そのための加護を森の女神に祈ろう。そんな思いを胸に、心静かに腰を降ろして正座して目を閉じた。

妙に、会場の全員も私を気遣うように静かに黙想して私を励ましてくれる波動が伝わってきた。

私はベラに預けてあった予備のハインヤを指差し、それを祭壇の下から取り出して、「聖餐《せいさん》」としてこれまでの二日間と同じように、儀式の始まりを告げる祈りの後で皆に注ぐように、テテオに目で語った。

彼は私の心を読んで親指を立て、ＯＫのサインを私に向けて送った。

「今日は私がご一緒できませんので、皆様のお世話をご自身で世話して、充分な気づきと、覚醒が得られる祈りを実現してください」と告げて私が出発しようとすると、ベラも一緒に行くと目で合図を送ってきた。

まずは隣の深谷氏に、私が万一の時はアマゾンの人たちを一時預かってほしいと耳打ちすると、車は自社のワゴン車を使ってくれと車のキーを差し出し、私を勇気づけてくれた。

鍵を受け取ってゼゴンを見ると「二人で行け」と目でサインをくれる。

彼女と二人でこの試練に立ち向かおうと心を決めて、テテオを見ると彼が立ち上がり、ハインヤを注いで「皆と同じ量を飲め！」と言う。一瞬は戸惑ったが、祈りに導かれて試練に立ち向かえるなら本望と、私がそれを飲み干すとベラも立ち上がり「聖餐」を受け取って飲んだのを見届けた後で、

「皆さんの気持ちを頂いて参ります」と告げて、祭壇に灯るローソクを皿に載せてベラに持たせ、祭壇には私が気魄を込めて合掌した心で、新たに点火したローソクを置いて、オープニングの祈りの唱和を共にしてから会場を後にすることにした。

祈る場所は違っていても、仲間と共に心がつながって試練に立ち向かえる幸せに感謝した。私にどれだけのことができるか判らないが、いつでも全力を尽くす覚悟を誓って、ベラと二人で新しい試練に出発した。

それにしても、パドリーニョの先見性は見事だと思った。五リットルの予備のハインヤを私に持たせてくれたおかげで、最終日の儀式もつつがなく催行できたのであった。私は信頼の絆でわが身を委ねられる存在に感謝の思いをはせ、パドリーニョもベラもゼゴンもフェルナンドも深谷さんもかかわりのある人のすべてがありがたい人たちだとの思いをエネルギーに変えて、慣れぬ都心に勇気を持って車を走らせ続けた。

やがて、青山通りを真っすぐ二十分ほど走ると、目黒方面と標識のある大通りに出て、それを右に行くと中目黒と書かれた電柱が目に入り、その先に目黒警察署が見えた。警察の前に車を入れると横の古めかしい木造の建物の玄関に「麻薬取締部」と書かれた大きな木造の表札があったので〈ここだな〉と思い、そこに車を停めた。

助手席に座って終止、無言で祈っているベラに「一緒に行こう」と声を掛けたが、首を横に振って「私はここで、あなたのくれたローソクの灯を守っているわ。この火が消えるまでに戻って来てください」と言って膝の上で皿に乗って燃えているローソクを指差した。

「イエス、プロミス」

私は言葉を残し、静かにベラが祈り続ける車のドアを閉めて一人で建物の内に消えた。

受付で自分の名前を告げると、

「二階の取調室一号に入室して、お待ちください」と告げられた。

その時、判ったことだが「麻薬取締部」とは警察の部局でなく、厚生労働省地方厚生局の管轄だと伝えられ、〈道理で、強迫的な態度でなかったんだ〉と捜査官の態度に感じた不思議さに合点がいった。

正面の大きな木造の階段を昇って、右に折れ取調室一号のせまい教室のような部屋に入室したのだが、入室して数分の後、先刻の捜査官が廊下をドタバタ音を立て歩いて来て、机をはさんで私たちは向き合って座ることになった。使い古された木造の椅子とテーブルは年代物で、いかにも予算のない厚労省の地方部局の管理物という趣だった。

私と対峙するなり、彼は煙草《たばこ》に火を点けて構え、〈さあ、どうするか〉とでも思案げに私をにらんだ。

私は煙草が苦手だった。その煙が私の鼻先まで来た時、もう何もしゃべれなくなり、息苦しくなり黙り続けるだけだった。

「ハインヤはあれからすぐ、検査に出しました。明日にはＤＭＴが含まれているかどうか判ります。その後で処分を決めることにしますが、あれだけの数の若い者を捜査に動員して、チャンチャンバラバラしたんだから、何事もありませんでしたでは済まない。まして、この事件は君たちを告発した者がいて、捜査してくれと言うんだから、調書の一枚も取らなくては取締官としての職務が果たせないんだ」

ここで捜査官が言葉を止め、煙を再び吸い込んで一気に吐き出してから、私に言った。

「君のことは調べさせてもらったが、私個人としては、君らの考えは判らぬことではない。が、われわれの結論は御上《おかみ》が決めることだからな。俺は現場主任どまりの人間なんだ」と言葉を濁す。

「俺たちはねぇ、やれ、シャブだポンだと、金を目当てに薬を売り買いする連中を取り締まる仕事が本業で、暴力団の資金源の捜査や麻薬で女も売り買いする連中をしょっぴいてきて、懲らしめるのが仕事なんだ。だから俺個人としては君らのような人も世の中に居てもらわないと困るとは思うんだが、天下国家のために罪を犯すということもあるから、その先は明日以降でないとはっきり言えねぇ」と私をにらんで言うのだった。

「誰がいったい、私たちを告発したんですか？」との私の質問に、

「そいつは言えねえよ」と拒否してから、

「だけど、一日目の君たちの儀式に参加した者から『これは麻薬だと思うので、白黒つけてほしい』とタレコミがあった。言えるのは、深谷さんの同業者からの告発だということなんだ。え、君、判るかね。これは君らの責任で起こったことなんだ。やるんだったら、騒動を起こさないようにやるべきだ。それに……」

またここで言葉を切って、主任捜査官は煙草をくゆらせた後で、

「で、君はＤＭＴとは麻薬成分だと知らなかったのかい？」

「いえ、知ってました」

「え、知っていて、君は他人に麻薬を飲ませたのかい？」と責める口調になって、私に尋ねる。

「はい。しかしこれはブラジル政府も認めている伝承文化です。医療であり、伝統遺産なのですよ。それにハインヤのＤＭＴは合成麻薬のＤＭＴとは違い、天然のＤＭＴで体内で悪影響を及ぼさない栄養素に変わるので、多くの野菜に含まれているアルカロイドの一種なんですよ。そして合成麻薬と同じ効果を期待するなら、一度に四リッ

トル以上も飲む必要があるのだが、それは不可能なことなので、ブラジル政府や南米の国々では麻薬とは区別して、伝統遺産として、宗教儀式や病気治療にその使用を認めているものです。だから、麻薬として扱われるべき物とは違うんです」と私の意見を述べた。

「君の気持ちは判るが、それを決めるのが『御上』なんだぜ。ここは日本だからなあ、麻薬成分が検出されれば、やはり事件として扱うことになるのが、これまでの慣例だからなぁ……」

そう言って上司や政府機関を指すのだろうか、人差し指を上に向けて、自分にはその判断ができない。決めるのは、もっと格上の、国を動かす人々の判断だと伝えた。

それから、私の供述は供述調書にして、記録して上司にも伝えると言ってくれた。

「検査の結果が判り次第、もう一度明日にでも出頭してもらうことになるが、よろしいですか?」と尋ねられたので、私は了解して日時を確認した。

「じゃあ、明日の夕方五時ということで、それまで首を洗って待っていてください」と唐突に告げられたのだ。

その後、少し間を置いて、私の反応を見るようなためらい声になって、

「今日はこれでお引き取り願おうと思いますが……」と主任が言ったので、私は一応安堵した。

まずはアマゾンの友達をホテルに連れて帰れる。ベラにも約束が果たせるのがうれしかった。しかし、結論が明日以降に持ち越されたのは不満だったし、主任捜査官から首を洗って待て、と言われた言葉も胸に突き刺さった。

私を見て、

「じゃあ、明日もよろしく」と言いかけて、私の不満そうな表情を見て取った主任が、

「ところで、君はこの世に神がいると信じているのかい？」と尋ねるので、

「はい、もちろん」と素直に答える私だった。

「俺もそうあってほしいと願って因果な仕事をやってんだが、神の世にするにも、悪魔の世にするにも、この世の人間次第だからなぁ」と意味深な笑い顔を私に向けて、彼が右手を上げて挨拶を送ってきたので、別れ際に私は彼をにらんで、

「あなたたち次第ですよね」

と、彼に自覚をうながした後で、部屋の扉を開けて廊下に出た。それから先刻来た方向に戻るように階段を降り、玄関のガラスドアを開けて、

ワゴン車の助手席で待つベラめがけて足早に歩き、車の扉を開けると緊張が一気に解けたのか、彼女が泣き崩れて私に言った。

「AKIRAがフェルナンドたちのように投獄されたらどうしようかと思って……でも、約束を守ってくださった貴男、おお、グレートシャーマン！」

言葉にならず、大粒の涙を流して、深い吐息で肩を揺らした。

いったん、ローソクの火が消えずに灯ったままの皿を助手席のフロントに置いて、彼女がしっかり私を抱擁して迎えてくれた。

彼女を落ち着かせて助手席に座らせると、私は向き直って運転席に座り、キーを回した。

「問題は解決したの？」

ローソクの灯った皿を再び膝の上で両手に抱えたベラが助手席に座って私に尋ねたので、

「ビッグ・プロブレムにならないように祈っている。明日にもう一度来る必要がある」と彼女に告げた。

「明日は四人で来ましょうよ」とベラが私を気遣って言うので、私はうなずいて、「ありがとう」とつぶやいたところで、ちょうどローソクの灯りが消えた。

それまで車内を照らしていた明かりが消えると、寂しく心細い。暗い気分になったが、私の灯した会場のローソクは、今もまだ明るく灯っているだろう。心はそこに瞬間移動して、祈りの炎を見届けた。今ならまだ、最終章のイナリオに間に合う時間だと思い、深呼吸をしてから気持ちを引き締めると、急ぎ、今しがた来た道を引き返して会場に戻った。

広間に入ると目黒まで、ちょっと肉体だけが用事を済ませに行っていて、私の魂はずっとここに座ったまま皆と一つになって祈りを続けていたような気持ちがした。

「ＶＩＶＡ！」

皆の歓声が聞こえた。皆が万歳して飛び跳ねて喜んでいる。誰も彼もが順に私を抱きしめてくれた。私も有頂天になって、しばらく飛び跳ねた後、テテオとゼゴンの傍に行って、彼らと力いっぱい抱き合った。

今日ここで祈りを共にした人たちの心がこんなにも喜んでくれている。みんなが喜ぶこの真実こそが私たちへの感謝だ。祈りと共に生きる者の幸福の証しだと思った。

「ＶＩＶＡ！」と私も叫んで背筋を伸ばし「万歳」と一声を上げた。

（十六）

アマゾンの祈りを伝える儀式は、たちまち二百人以上の賛同者を得て、現地の継承者であるパドリーニョを日本に迎え、アマゾンの森を守るプロジェクトを始める最初の準備を東京で整えることができた。

第二波は、伝承療法の交流によって、近代医学だけに頼る日本での代替医療として、シャーマンに伝えられている植物療法を学ぶ学校や研究所を創設する計画を実行すること。第三波は破壊された森の再生のための保全と植林事業を起こすこと。第四波は森に生きる人々への生活支援としてフェアトレードの仕組みを世界に広げ、さらに総仕上げとして世界環境会議を日本で開催するなどの計画の実現に向けて働き続け、それを実行するのがわれわれのミッションの内容であった。

しかし今、第一波の始まりにおいてすら、試練が待っていた。やっとスペインでの問題解決にめどが立ったところで、また日本で新たな問題に直面してしまった。困難に直面して紆余曲折《うよきょくせつ》はあっても、まだ約束の期限までは年月もあるので、確実な実践を積み上げて、やり遂げる気持ちに何ら不安はなかった。

そんな思いを心に秘めて、私は信頼する深谷氏に今後の助言を求めた。

「まず、誰も知らないアマゾンの祈りを日本で実現するという、君の希望は達成されたのだから、次から次に計画どおりに事を成功させていこうとは思わずに、やり遂げる意志さえあれば、やがては形になっていくので、今、起こっている問題の解決に全力をあげることにして、しばらくは様子を見てから決める。あるいは、アプローチの仕方や方法論の入り口を変えてみるとかして、少しペースダウンして当局の判断を待ってみてはどうだろうか」ということであった。

深谷氏の意見はもっともであった。私自身は獄につながれようが恐れはしないのだが、今は告発した人が深谷さんの同業者だと聞かされたので、われわれの協力者である彼にダメージを与えては申し訳ないと判断して、私の計画にも少しインターバルを加えることを承諾した。残念さもあるが、今、苦しんだことも、後で喜びに変わるように心の内で祈るのだった。

日本のビジネス社会では競争が激しく、それぞれが異なる立場を主張して、相手に取って変わろうとしたり、相手の弱みに乗じて自分の事業を拡げるようなアンフェアーな商慣習もあり、今後の不測の事態を考えるなら、深谷氏にコーディネーターとして表に立ってもらうのは、ここまでにしようと心に決めて、会場を後にしたのだが、その時、

「これは参加者諸君からの心付けです」

と、青山の道場を出る私に深谷氏から渡された封筒には帯にくくられた真新しい札束が二束入っていた。

それは、感謝の気持ちが込められたお布施であった。

「今日から諸君の移動は某雑誌社の別のワゴン車を用意するので、ご遠慮なく。明日も目黒まで、この車でお送りしますから、ホテルもそのままお使いください」とおっしゃっていただいた。

「お世話になります」とありがたく受け入れて、新しい白色のワゴン車でホテルに帰ることになった。

深谷氏には、われわれの知らない後始末で、今後もご苦労を掛けるのだろうと思い、感謝の気持ちを残して、会場を立ち去ることにした。

「またお会いできますように」

「チャオ」

「アディウス」

思い思いの別れの言葉を残して車は走り出したが、こうしていつまでも手を振って別れを惜しんでくれる理解者もいれば、考えに合わないとして密告する人もいる世間で、ポジティブとネガティブが拮抗《きっこう》して「現実」が生まれる不確かな社会の成り立ちのなかで、手さぐりながらの道が、今後もわれわれの道なのだろうが、どこまでそれが続く道なのだろうかと自問するのだった。

私はアマゾンの森に生きる人たちとの信頼の絆を育て、その絆の愛で救われる日本人が数多く生まれて、また信頼を受け継ぐ者が次々に現れる不動の仕組みを生涯の仕事として自分に得たことに深く感謝している。そして、その感謝が愛のエネルギーとなって苦難を乗り越えられる神通力を呼び起こして、いつまでも働いていけるよう女神に祈るのだった。

いつも自分から声を掛けて人を笑わせるゼゴンがこの時も私を笑わせようとしてなのか、

「今日はプレゼントがたくさんあったようで、今夜はスキヤキかい？　それとも芸者パーティかい？」とおどけて、車内の空気を和ませようと気を使ってくれた。

「明朝になったらスペインの獄中にいる家族にまず五十万円を送金しよう。アントニアとチコの家族に五十万円を送り、われわれの行動費に五十万円として残りを四人で分けるのはどうだ？」と言葉を添えてお布施の封筒をベラに渡した。

残りをどう分割すれば良いのかとベラは尋ねる。ゼゴンとテテオは家族がいるので送金したいとのことだった。

ベラはＡＫＩＲＡも家族があるから公平に三で割りましょうと言う。自分は会計をまかなうので自分でアレンジできるから心配なく、と言う。こうして初仕事の報酬は、各自十万と各家族に十万、残りをベラがスペインとアマゾンに振り分けて送金する。今後はアマゾンに学校や診療所が建てられるように割り振ることで決着をみた時、ワゴン車はちょうどホテルに到着した。

フロントで自室の鍵をもらうとき、「和食堂に夕食のご用意をしております」と声を掛けられた。夕食は、深谷さんが「すき焼き」の用意をしておいてくれたのだ。

私たちは歓声を上げてシャワーの後で食堂に集合することにした。石鹸や歯磨きも、部屋には自然なものが用意されていた。深谷さんの心遣いに手を合わせて、一応の努めを果たした安堵感と、「明日まで首を洗って待っていろ」と言われた緊張感が、混ざり合った複雑な気持ちで食卓を囲んだ私だった。そんな私を気遣ってくれて「素直な心を取り戻せなかった人の反発を買うのもミッションの宿命だよ」とか「愛と憎しみは成長のための反面教師なんだ」などと言って、私を気遣ってくれるシャーマンたちだったが、その優しさが気安めとはなっても、私自身を慰めることなど不必要だった。

むしろ、念願であったハインヤの祈りの第一声を日本であげられたのだから、心は達成感で喜んでいた。ただ一方で、理解し合えぬ人間同士の争いに深い悲しみがあふれ、つらい心を抱える私だった。

仮に私が捕らえられて事件になったとしても、私は偽らずに自分の思いを実行した結果なのだから、自分が生きた証しとして、歴史の真実を次世代に伝えるためなら、私の血を流すことも恐れない。

今も破滅に導かれる人類に気づきを与えるなど簡単にできる仕事ではないのだから、社会とか集団は、永遠に変貌を遂げられない必要悪の集団なら、私がその捨て石になろうとも構わないだけの愛と犠牲心は持ち合わせて今日まで生きてこれた。

明日「御上」がどんな裁定を下そうとも、宗教は個人の自由だし、まして愛と真実のために生きる誓いを立てたインカの魂の伝承者であり、森の戦士を自認する者にとっては、たとえ囚人となっても人類に希望の明かりを灯せるものならと願う気持ちに偽りはない。その使命を果たしたいと願うだけだ。それがアマゾンの森を守る大切さを世界に伝えられる機会となるなら、私ひとりの人生にも価値が生まれるというものだ。

どんな組織や集団にも属さず、支配されたり、命令されたりすることを望まない人間の世渡り下手な生き方の結果なのだから、明日の「御上の決済」次第では、命を懸けて衆目に訴える行動も辞さない覚悟を決めて「首を洗った」私だった。

いよいよ、その日は来た。

私たちアマゾンのミッショナリスト四人は心を一つにして、日本政府に慣例にない判断を促すつもりで目黒にある取締本部に出頭した。到着すると、昨日より広い部屋の取調室二号に入室するように言われてすぐ、主任捜査官が顔色を変えて部屋に飛び込んで来た。

私を見るなり「おい、ジュラミダンの戦士というのはどんな組織の名前か」と説明を求められた。

「上層部のなかには、植物兵器によるテロを疑う者さえいるが、ちゃんとした説明が必要だ」と真顔で言う。

私は笑いながら人のうわさ話や見聞話とは不確かなもので、一体どこからそんな話が出てくるのか、この世での真実は見極め難いものだと痛感したが、笑い飛ばすわけにもいかず、こう語り始めた。

「それは結社のことではなく、森に生きる人々の代弁者であり、地球の守り手として働く決意をした者の称号です。信者の数を増やそうとか、組織を作って上納金を巻き上げようとかでなく、森の存続のためにアマゾンの大切な役割を伝え、もうこれ以上に大切な森を破壊しない人間の知恵を求めて働きたいシンプルな人間、その人の良心に基づいて行動する個人のことですよ」と伝えた。

「よし、君の説明は供述調書の記録に残すこととして、上司に伝える。しかし、DMTが発見された以上、麻薬事件として扱うのが当然だというのが、やはり昨日も言ったが、『御上』の意見だ。もし君が今後はこの種の伝導はしないと誓えるのなら、今回のことは不問にしてもよいが、どうかね、誓えるかね」と尋ねるので、「誓えません」と私はきっぱり答えた。主任の表情が、みるみる険しくなり、声を荒げて私に言った。

「なぜ、君は素直になれないんだ」と顔を赤らめて私に言うので「私は素直です。どうしても私たちを罪人にするのなら、他の三人は放免して私一人の罪にしてください」と訴えた。

一瞬のにらみ合いが起こり、彼はしばらく考え込むようにして、言葉を選んで言った。「家族や子どものことを考えなさい」と私を諭した。確かに心苦しく痛ましい思いが胸の内に込み上げてくるのだが、私は胸を張って、こう言い返した。

「何度も言いましたが、私はやましいことはしていません。だから、ほかに方法がないのであれば、私は家族で力を合わせて戦う方を選びます」

「本当に君はそれでよいのかい?」と彼が念を押す。

「決して屈することはありません。今もなおインカの人々はそのように生きておられて、私もその末席に加われるなら幸せです」と伝えて捜査主任を真剣ににらんだ。

一瞬、彼の目が伏し目になった。

「判った。ちょっとここで待っていろ。最終判断は俺一人では決められないので」と言って取調室を出ていった。

彼を待つ間、この状況を傍で見つめていた三人の兄妹の顔を順に見て、私は和やかに彼らに伝えた。

「もしも、政府が私たちを罪人にするなら、今、裁かれるのは、私一人でよい。明日にも君たちは帰国して世界に向けてアマゾンからの祈りの必要性を訴えて行動してください、何があっても諦めず、いっしょにいても離れていても、可能な方法でミッションを果たしていこう……」

そう言い終えた時だった。主任がドタバタ足音を立て、戻って来て告げた。

「上の者と相談したが、今回は地球環境サミットからの流れで、君がこれを扱うことになった事情も判るので、こうしてブラジルやペルーのシャーマンも一緒に逮捕して国際事件にして、多額の税金を使っても未知の案件であり、起訴できるかどうかも判らないので、少し時間をかけて、君たちの様子を見ることにしたい。だから今回は調書に記録を残して、やはり事件は無かったことにしようと思うが、もしジュラミダンの戦士が組織の名前で、その指示で君の今回の行動があったとしたら結論はまた違ってくる」

そう言って私を見て、私の表情を読み取ろうと彼のにらんだ目が少しギョロついたと思ったとき、彼が再び言った。

「判るかね。事件はなかったことになるんで、次に同じ事件が起こったら、私たちが今度は困るんだ。取り調べに当たった者全員の責任問題にもなりかねない。そこをよく考えてほしい。今後、この種の事件が起こらないように、君が責任を持ってくれないと、私たちも結論が出せなくなる。事件とならないようにするには、まず第一に……」と、そこまで言って、私の顔をのぞき込むと、ポケットから煙草を取り出して、主任はそれに火を点けた。

少し興奮しているのか気忙しく煙を吐いてからまた続けた。

「第一に、この飲み物を金銭で受け渡したり、お祈りの儀式と切り離して使用しないこと。第二に今後は君が責任を持って、何者かが訴え出るような事態をつくらないこと。第三には社会との調和を取りながら人を扇動したり騒動を起こしたりしないことだ。いいかい、この三点を君が守ってくれるなら、この事件は一件落着にするが、どうかね、約束してもらえるかね?」と尋ねた。

今、ここに掲示された三点については、われわれもそう望んでいることなので、私たちの祈りは決して事件性を帯びるようなものでないと説明して、了解する意志を伝えた。

「じゃ、そういうことで、昨日と今日の君の供述を調書にしたから、これに署名捺印してください」と私の発言をおおまかに記述した調書が用意された。「ああ、この署名はＡＫＩＲＡさん、あなた一人だけでいいのです」と言って、

「プリーズメイクアグッドハーモニーウィズユアミッション……」

〈神があなたたちを祝福してくれるミッションとなるよう充分に注意してください〉と英語で彼らに話しかけている間に、私は署名捺印を終え、一件落着した。

後は私たち次第だった。

「一つ注意しておくことがありますが、もし今後われわれがあなたたちを危険人物とみなした場合は、貴殿にとってとても都合の悪い結果が待っていますから、どうか、そこのところをよく理解して注意しておいてください」

「都合の悪い結果といいますと？」

「それは今、ここで申し上げられませんが、われわれは政府の役人ですから、その気になれば、あなた個人を破滅させることぐらいできると申しておきましょう」

「へえー、それは怖い話ですね」

「そうです。怖い話にならないように、すべてはあなた次第です。われわれは、あな

たたちを現時点では理解しています。あなたたちは使命感のために行動なさっておられるが、そのやり方を間違えず、行動してくださいと申しておきます。注意してください……」

という返事だった。

「これで一応、事件は解決です」という言葉に送られて四人は建物を出て、待機してくれていた雑誌社のワゴン車に乗って宿舎のホテルに戻った。

自室でシャワーを済ませてから、心配をかけている深谷社長に電話をかけ、今日の出来事の一応の報告をすると、

「もし、君たちに万一のことがあれば、すぐに記事にしてもらおうと、今日は雑誌社の車で同行してもらったんだがね、無事で何よりでした。この件を記事にする必要はなくなりましたので、今後は参加者の諸君が自発的にあなたと連絡を取って、アマゾンの祈りを続けたいという要望があれば、よろしく。私も機会があれば、またアマゾンのセッションを受けたいと思いますが、今は次にお会いできる機会が訪れることを楽しみにしております。皆さんがお疲れでしたらホテルは数日そのままお使いください。もしよければ、人が探し求める人生の価値ある体験などについて交流の機会など

いただければありがたいのですが……」とのお申し出だったので「判りました、ありがとうございます」と受け入れて電話を切った。

二、三日は深谷さんや参加者の有志に彼らを預け、まずは、私が先に家族と共に今後のためのお祈りを捧げようと思った。東京での交流が済めば、私と家族が住む九州の農場へ彼らを招き入れよう。

私の家族が住む朝焼け農場は、山の斜面を開いて無農薬栽培のための農場として、私がインドからアメリカを経て帰国した十年ほど前に開墾した農場だった。当時としては無農薬栽培を希望して農事組合法人の設立申請を行う者は、まだ誰もいなかったので、所轄の県や国から百回以上も行政指導を受けた。ほかの組合と違う方法で独自出荷する農業が生まれることに補助金をもらって農業している人たちが危惧したのだろう。

ほどなく、大臣とのテレビ討論が検討され、構想が現実味を帯びると、認可されるに至った。当時としては、時代の先導役を務めた農場であった。その後、九年余も自費で農学校も造り、農薬を使わない農業の実践と普及に精を出したが、近年は私の出張の機会が増えて、他人任せになって精彩を欠いていた。

〈今後は農場の仕事もアマゾンの人たちと力を合わせ努力すれば、素晴らしいものに変わるだろう〉そんなうれしい気持ちが胸に去来していた。

〈農場にアマゾンの人たちの住居もつくって、ここから波を起こして、二波、三波の波がどこまでも広がるようにやり続けよう。周りの多くの人たちも、それを望んでくれるなら、良いことがどんどん広がるだろう。まず、地球環境サミットの報告会と無農薬野菜の出荷体制の再構築とパドリーニョを迎えてのお祈りの会の準備を急ごう。そしてアマゾンでの事情を知らせ、協力を訴える活動なども具体的に一つずつ実行していこう〉

私は九州に向かうための新幹線に乗り、シートに腰かけたまま、今後の方策をめぐらせていたのだが、これまでお世話いただいた深谷さんに変わる次の相談役として、ある宗教者の顔を突然思い浮かべた。彼は宗教者平和会議の世話人でもあり、素直に話せば協力が得られる人物だと直感した。

そこで、名古屋の次の停車駅である京都で途中下車することを決めて、彼の住む清水までタクシーを走らせることにした。突然のアポ無し訪問であったが、管主である松岡僧侶は在庵していて、私の名を受付で告げると、見事な庭園を借景に持つ離れ屋に、私を案内してくれた。

「成就庵」と記された奥座敷で松岡氏と面談したのであるが、彼は私の説明にすぐ納得したようにほほ笑んで、

「ＡＫＩＲＡさんの国際環境会議を京都か広島に招致する考えに賛成です。そして宗教者会議としてもマチュピチュでのシャーマン会議に代表派遣することを約束します。何せこの成就庵は坂本龍馬や西郷隆盛を匿《かくま》い、開国の狼煙を最初にあげた寺であり、時代を動かす仏教の修行を奨励してきた、伝統のある寺ですから、世界の魂を一つにして、人類が幸せになる実践活動を成さるのであれば当然、私共は一門あげて応援します」

このように語られて、何の気負いもなく協力を約束してくださる老師であった。

良き理解者を得たことにひとまず安堵した私は、これから、どんな困難が待ち受けていようとも臆することなく、アマゾンの森の代弁者として、真実の人類愛を生きていこう。やり続けていけば必ずたどり着く。それを信じて祈り続けて生きようと決意を新たにした。

地球と人類の滅亡も、一人一人の目覚めた行動によって、この危機を希望に変えられる。これからの私の仕事は、アマゾンに古来から、伝わる生命を謳歌《おうか》する祈りを人々に知らせ、一人でも多くの人が、本来の人間に戻れる機会をつくり、自分自身に責任の持てる人間として、この日本で仕事する人々を生み出すことだ。

口先だけの人類愛の時代を終わらせ、古くから地球を構成してきた熱帯雨林の植物に宿る神々に励まされて、見失っていた本来の愛のちからで自分を輝かせて生きようとする人たちのために生きよう。

〈そうだ、これが私の生きる十字架だ。人生の証しだ。私が世界に問いかける一人の人間として環境破壊を食い止め、アマゾンを守る道だ！〉

そう心がつぶやくと、見上げた東山の峰々の空から吹き降りる比叡の風が、亡き父母や妻子の笑顔を順々に運んでき来て、私の胸に灯りを燈《とも》した。

「愛してるよ、家族のみんなで支え合ってこれからも生きていこうー」と風に、祈りを伝えた。

（了）

あとがきに代えて

魂の友たちの協力でやっと拙著が完成した。心からの感謝を捧げます。

アマゾン源流から二本目のジュルワ河でも今年から学校建設の調査活動が始められる。この学校は森の科学や生態、森の命の特性や伝承療法などを学ぶ地球の学校である。将来、日本の科学技術とつながり、次世代の希望を創り出すことを夢みている。

森に生きる人々を支え励ます日本のNGOグリーンハートのLOVE　AMAZON　プロジェクトに役立てる幸せに感謝する。書くことを通し、伝えることを通じて、森に支えられて生きる人間の運命に祝福あれと祈る。

友よ、永遠の命を分かち合おう。息子たちよ、君の愛を生きよ！　妻よ、母よ、永遠の献身に感謝します。父よ、あなたこそ真の勇者たれと祈る。

心至合掌

二〇一一年四月

著者

〈著者プロフィール〉

吉野　安基良（よしの　あきら）

1950年　地球に生まれる。64年　沖縄返還活動から社会貢献を学ぶ。65年　第1回京都私学高校生交流祭典・実行委員長。74年　同人誌（群狼）創刊に参画。83年　健康に寄与する農作物の生産と普及をめざす農事組合法人を設立。農学校も併設。89年　農業コミューンの建設に着手したが失敗。90年　NGOグリーンハートVIRGIN SKY PROJECTを興す。91年　ハワイ島にて世界エコ・ビジネスコンフェランスを主催する。92年　ブラジル地球環境サミットにNGOグリーンハート団長として渡伯。NGO条約に署名。96年　アマゾンの森を守るフェアトレードにより、源流プルース河流域に小・中学校、診療所などを建設。
2000年　アマゾンエコツアーを開始する。11年　NGOグリーンハートLOVE AMAZON PROJECTを興し、7月ジュルワ河流域に調査団を派遣。

NGOグリーンハート　〒874-0919 大分県別府市石垣東1-1-2-1107
☎0977-23-4188

フェアトレード産品等の情報は、【コパイバ・オフィシャルサイト】
http://copaiba.jpまで。
アマゾン支援のための寄付口座　ゆうちょ銀行 01790－5－87340　NGOグリーンハート
【NGOグリーンハートのHP】http:ngo-greenheart.jp
【ユーチューブ　吉野安基良】

グレートシャーマン　アマゾンからの祈り

2011年4月28日　初版第1刷発行

著　者　吉野 安基良
発行者　韮澤 潤一郎
発行所　株式会社 たま出版
〒160-0004 東京都新宿区四谷4-28-20
☎ 03-5369-3051（代表）
http://tamabook.com
振替　00130-5-94804

印刷所　図書印刷株式会社

ISBN978-4-8127-0325-0　C0011